シロちゃん
オトカ
クロちゃん

ピーちゃん
羅《ルオ》羅《ルオ》

「シロちゃんと
クロちゃんがいるんだから、
俺は幸せだよな」

# Contents



異世界旅はニワトリスと共に 1

ISEKAITABI HA NIWATORISU TO TOMONI

# プロローグ～ニワトリスと駆ける

──夜逃げするしかない。

それが十歳になったばかりの、俺の出した結論だった。

しかし夜逃げするとなると準備がいる。食い物《もん》は森に入ればどうにかなるとして、飲み水は……川の水に浄化魔法をかければいいか。となると必要なのは火種と服、それからいくらでも駆ける為《ため》の靴だな。俺が使っている薄い毛布も持っていこう。

獲物解体用の比較的でかいナイフもあるし、砥石《といし》もある。火種は……火打石を一個くすねていけばいいか（自分用のは一個持っているが念の為だ）。

「いてぇっ！　このニワトリスめっ、いいかげん俺に懐きやがれっ！」

「ヤダー」

「オトカー」

　ニワトリスは俺の兄貴が背後からガバッと捕まえようとしてきたことに気づき、尾でバシバシと叩《たた》く。あれでもかなり手加減してるんだよな。本気で叩かれたら絶対骨折れるし。

……うちの兄貴は相変わらずバカだ。俺の大事なニワトリス（ニワトリに似た魔物）を捕まえようとするとか何考えてんだ。ただまぁバカだけど長男だし、魔法は将来的に五つも覚えられるらしいから家を継ぐのには何も問題がない。俺のすぐ上の兄貴も魔法は四つ覚えられるみたいだから将来安泰だよなー。

　ニワトリスたちは兄貴をつつき始めた。

「シロちゃん、クロちゃん、つつかないでやってよ。……面倒だから」

「いてっ！　か、身体《からだ》がっ……」

　すでに俺の身長に迫るぐらい成長している二羽のニワトリスに声をかける。

　そしてニワトリスにつつかれて身体が麻痺《まひ》した兄貴の肩をポン、と叩いた。

「おおっ？　わぁっ！」

　麻痺した身体を無理やり動かそうとしていたせいか、兄貴は麻痺が解除された途端にこけた。ドダーン！　と派手な音を立てて、兄貴は畑に顔から突っ込んでしまった。受け身ぐらい取ってほしい。

　ニワトリスの嘴《くちばし》でつつかれると最低でも五回に一回は麻痺状態になるのだ。

　兄貴は顔を上げてぺっぺっと土を吐き出すと、忌々《いまいま》しそうに俺を睨《にら》んだ。汚くてやだなぁ。

「オトカ！　ニワトリスの躾《しつけ》ぐらいしっかりしろ！」

「躾って……いきなり捕まえようとする人がいたら攻撃するか逃げるのは当たり前じゃないかな？」

首を傾《かし》げる。ニワトリスたちも俺の真似《まね》をしてコキャッと首を傾げた。身長は俺よりちょっと低い程度だからとてもでかいんだけど、そういう仕草をするととてもかわいい。嘴の中には鋭利なギザギザの歯があるんだけどね。さすがは魔物だ。

「お前ら首傾げるんじゃねえ！　……いいかげん俺が主人だって言い聞かせろと言ってるんだ！」

「……ニワトリスは自分が認めた相手しか主人とは認識しないって知ってるはずだよね？」

元々魔物だし。元々じゃなくても魔物だし（大事なことなので二度言いました）。

家の陰から父さんとすぐ上の兄貴が顔を覗《のぞ》かせてこちらの様子を窺《うかが》っている。彼らの目もまた、俺に懐いているでっかいニワトリスを狙っているのはわかっている。なにせ毎日卵を産むし。

……もう限界かな。

十三歳になったら家を出ていくようには言われているから、それまでは家にいようと思ってたんだけど。

俺のかわいいシロちゃんとクロちゃんは絶対に渡せないし。

残念に思いながら数日かけてこっそり準備をし、月のない真夜中、俺はでっかいニワトリス二羽と共に家を出たのだった。

# 第一章　村での暮らしとニワトリス

## 1．ニワトリスとの遭遇と異世界転生

俺、ことオトカがうちのかわいいニワトリスのシロちゃんクロちゃんと出会ったのは偶然だった。

七歳の春、俺はいつも通り村から少し離れたところにある森に足を踏み入れていた。

この森、浅いところはいいんだけど、ちょっと奥に入ると魔物が出てくる。だから木の実とか、食べられる草を採ることはできるけど奥には入らないように言われていた。

その日も俺は草やキノコを求めて森に入った。

うちは貧しい七人家族だ。俺は五人兄妹《きょうだい》の三番目。上に兄貴が二人いて、下に妹が二人という一番放っておかれるポジションである（これは俺個人の考えだ）。

貧しいせいで、一日二回の食事の量はいつも少ない（食事が一日二回なのはこの辺りでは普通）。それだけではとてもおなかいっぱいにならないので、畑仕事を終えた後はいつもこうして森に来ている。

食べられる木の実や草、キノコについては、村で雑貨屋を営んでいるばあちゃんから教えてもらった。それでもキノコは失敗することが多いから、今は俺だけが食うことにしている。食べられる草を持ち帰れば家族に喜ばれるし、森に遊びに来ていることも容認されるから食料探しは大事だった。

「あ、あのキノコうまいんだよな」

この日は村の人が絶対に食べないキノコを見つけた。なんで食べないのかって？　毒があるからだよ。

俺はなんと毒が効かない体質みたいで、何を食っても腹を下したこともないし、病気になったこともない。とにかく丈夫なのが取り柄だった。

だから毒キノコとか毒がある食べ物は俺専用の食料なんだよな。あ、森の魔物も毒有りの植物を食べられるらしいけど。

虹色に光るキノコを見つけて、採る。その先にも点々と生えているのを見つけたから、つい普段は入らないような奥まで入ってしまった。

虹色の毒キノコがたくさん採れたーと嬉《うれ》しく思った時、俺はやっと自分がまずいことをしていると気づいた。

「あ、やべーかも……」

木が密集していて、少し暗く感じる。この辺て確か、なんかの魔物のナワバリなんじゃ？　と思った時、少し離れた木の上から何かがポスポスッと落ちたのが見えた。

声が出そうになったのをどうにか堪《こら》える。

何が落ちたのだろうとこっそりその先を見れば、羽毛のある小さな生き物の姿が見えた。黒いのと、黄色いの？

一瞬ガーコ？　かと思った。でもガーコは魔物じゃないし、こんなところにいるはずは……と思っていたら、小さな生き物はジタバタして体勢を整えたみたいだった。

ガーコのヒナに見えるけどガーコではなさそうだ。何故《なぜ》ならあの二羽のヒナには灰色、というか黒っぽい尾が見える。

ってことは、ニワトリスかもしれない。

黄色と黒のヒナは辺りを見回した。

ニワトリスというのは魔物で、その卵はおいしいらしいけどけっこう強いからうちの村の大人でも歯が立たないと聞いている。弓で狙っても、あの羽毛の下は硬くて矢がなかなか刺さらないらしいし、動きも素早い。大人のニワトリスだと体高は村の大人程もあり、ギザギザの歯と鋭い鉤爪《かぎづめ》、そして長く強靭《きょうじん》な尾で攻撃してくるからとても危険だと聞いたことがある。しかもその嘴《くちばし》でつつかれると身体《からだ》が動かなくなったりもするんだとか。

冒険者でもベテランクラスでないとニワトリスには太刀打《たちう》ちできないんだよ、なんて雑貨屋のばあちゃんが言っていたことを思い出した。

ここにヒナがいるということはニワトリスの大人も近くにいるんだろうし、どうにかして逃げなければいけないと思った。

でもあのヒナの動きかわいいな。もふもふしてるし……。

ああっ、尾をうまく振れなくてこけた。ピイピイ鳴いて怒っている。ナニアレ、超かわいいんですけど。

歩こうとしてるのに尾のせいでバランスがうまく取れないみたいだ。あ、またこけた。いちいちピイピイピヨピヨと怒ってるのたまらん。

そっか、ニワトリスも生まれた時からうまくバランスが取れてるわけじゃないんだな。

あー、もう逃げなきゃいけないのにー……。

そんなことを思いながら木の陰からヒナたちを見ていたら、そのヒナを狙っている存在に気づいた。

ヒナたちの後ろから大きな黄土色っぽいヘビが近づいている。あのヘビは魔物じゃないけど、魔物の子どもぐらいなら簡単に飲み込んでしまいそうな大きさに見えた。

ニワトリスは魔物だし、こういうのは弱肉強食だってわかってるけど……でも。

俺は自分の周りに石がいくつか落ちているのを確認した。今日は弓は持ってきていないけど、物を投げてうまく命中させるのは得意だ。大きめの石を握り、ヘビの頭にちょうど届くように距離を測る。

一回で決めないとあのヘビはニワトリスのヒナを丸呑《まるの》みしてしまうだろう。

的であるヘビの頭をよーく狙い石を振りかぶり勢いよく——投げた。

果たして、石はうまくヘビの頭に当たった。勢いもかなりついていたらしく、頭がそのまま地面に落ちる（取れたわけではない）。その身体はぐねぐね動いていたが、もう大丈夫だろうと思った。

ほっとした途端、ピイピイピイとヒナたちが大きな声で鳴き始めた。

えええええ、と思った。

バサッバササッと音がする。

ヒナのいる地面の側《そば》にある木の上から、でっかいニワトリスが羽ばたきながら降りてきた。

俺死んだ、と思った。

せっかくヒナを助けたけど、そのヒナの餌になっちゃうのかへへへーと思ったのだが、なんとニワトリスはそのヒナたちを咥《くわ》え、俺の目の前にボスボスッと落とした。

「うわわっ!?　な、何するんだよっ？」

思わず文句を言ってしまった。だってこんなにかわいいのに。

俺は慌ててヒナたちを腕に抱えた。ヒナも抗議するようにピイピイと鳴いている。つつくなつつくな痛いって。

でっかいニワトリスはジッと俺を見つめた。

だーかーらー、痛いんですけど。でもかわいい。

ニワトリスは俺とヒナを交互に眺めた。一羽のヒナは俺を思いっきりつついているが、もう一羽は控えめなかんじでつついている。

「オマエ、ニンゲン」

「え？　あ、うん……」

目の前にいるニワトリスがしゃべった。

ニワトリスってしゃべるのかと感動すら覚えた。

じゃなくてさぁ。

目つきはとても鋭い。

「オマエ、ヒナ、タスケタ」

「アッ、ハイ……」

見てたんですね。じゃあなんでアンタが助けなかったんだよー。俺、泣きそうである。

「か、返します……」

腕の中のヒナを差し出そうとしたら、ヒナはまたピイピイと鳴き、ニワトリスは首を振った。

「オマエ、ヤル」

「えええ？」

「クウ、ソダテル、オマエ、オモウ」

「えっ、そんなー!?」

食ってもいいとかどういうことー？

頭の中がぐちゃぐちゃだ。だけどこれだけは言わなければいけないと思った。

「食べない！　絶対に食べない！　ちゃんと育てるよ。こんなにかわいいんだから！」

するとニワトリスは満足そうに首を前に動かし、俺の額を嘴でつついた。

え？　つつかれたら身体が動かなくなるんじゃ……と思った時、頭の中にアイテムボックスという言葉が浮かんだ。

「……え？」

「タッシャ、クラセ」

ニワトリスはそう言うと、バサバサと羽ばたいて森の奥へと飛んでいってしまった。

「えええええ……」

腕の中のヒナたちを見る。一羽は黄色くて、一羽は黒い。両方ともなんか灰色というか黒に近い色の尾があるけど、とてもかわいかった。そのヒナたちがくりくりした目でじーっと俺を見上げている。

「ニワトリスって何食うんだ？　このキノコとか？　ってさすがにだめかー」

と虹色のキノコを取り出したら、ヒナたちはそれに跳びつくようにして俺から奪い、ガツガツと食べ始めた。

「はは……さすが魔物。毒キノコも食べるんだなぁ」

名前つけないとな、と思った時、突然ひどい頭痛に襲われて俺はその場にうずくまってしまった。

もう、なんなんだよいったい。

なんか、ラノベみたいな展開だな。


……え？　ラノベってなんだ？


ヒナたちはコキャッと首を傾《かし》げて俺の側にいた。

一瞬の激しい頭痛が去ってからとりあえず、今持っている毒キノコは全部彼らにあげた。

魔物には毒は効かないって聞いたし。

ヒナたちは嬉しそうにそれらをガツガツと食べている。

……状況を整理しよう。

いつもより森の奥の方へ入ってしまい、ニワトリスのヒナを助けた。そして何故かニワトリスの大人からヒナを譲り受けた。

育てるって言ったら、アイテムボックスなるものをもらった。きっと魔法の一種だな、これは。

んでついさっき。

俺は生まれる前の記憶を一気に思い出した。

なんだこの無理やりジェットコースターに乗せられた感。あ、ジェットコースターってのも多分この国にはないな、うん。

俺は生まれる前、別の世界の日本とかいう国の会社という組織で働いていたサラリーマンという存在だったらしい。四十三歳男性、独身。趣味は読書。つってもライトノベルを読《よ》み漁《あさ》ること。そのライトノベルの原作がアニメになったのを見ること。

それがどういうわけか、とある村の貧しい家の三男坊に生まれ変わった。

日本では黒髪黒目。今は茶髪茶目《ちゃめ》というんだろうか。顔は川とか水面に映して見る程度で、地味だけど西洋風っていうのかな。そんなかんじだ。どこにでもいる平凡な少年である。

ラノベを読み漁っていた俺からしたら、これは絶対異世界転生だなと思う。

元いた世界には魔法もなかったし、魔物もいなかった。

しっかし前世とやらを思い出したところでできることなんかない。せいぜいニワトリスから譲り受けたっぽいアイテムボックスとやらを確認するぐらいだ。

ヒナはまだ毒キノコを食べている。よっぽどおいしかったんだろう。

「……ん?」

なんか、ヒナが食ってるの以外の毒キノコも消えたぞ?

じーっと見ていると他の毒キノコもパパッと姿を消す。

これは食べてないな？

「こら、食べないなら出しなさい」

ヒナはビクッとした。こっちの言っていることがわかるみたいだ。頭いいな。

ヒナたちは手もないのに毒キノコを目の前にいくつも出した。しぶしぶといったかんじである。

やはりニワトリスはアイテムボックス持ちらしい。これは魔法……とは違うものだな。そういうのを持っているのが当たり前の魔物なんだろう。

「素直に出してえらいな」

ヒナを撫《な》でたらつつかれた。何度もつつかれて冷や冷やしたが、身体が動かなくはならなかった。もしかして身体が動かなくなるのは成鳥につつかれた時なんだろうか。ヒナの嘴でつつかれても大丈夫なのかなと思った。

「餌はー、森に来ればいいから問題ないな。うまそうなキノコを採って帰ろう」

肩掛けカバンにヒナを入れ、毒キノコはアイテムボックスに入れた。アイテムボックスの容量とか、中は外と同じように時間経過するのかどうかとかについては今度じっくり調べることにしよう。

時間経過がないと楽でいいんだけどな。

ヒナたちがカバンから顔を覗《のぞ》かせた。

なんつーかもう、すっごくかわいい。

「あ、そうだ。名前をつけないといけないな」

つぶらな瞳を見て考える。黄色いヒナは、多分大人になったらさっき見た真っ白いニワトリスみたいになるんだろう。黄色いヒナと黒いヒナを見て閃《ひらめ》いた。

「君はシロちゃん、黒い君はクロちゃんでどうかな？」

安易なネーミングだと思ったけど、その方がわかりやすいし呼び方としてもかわいい。

「シロちゃん、クロちゃん。うん、かわいいじゃないか」

ヒナを撫でるともうつつかれなかったから、名前を受け入れてくれたのだと思う。それにしても手触りがいい。いくらでも撫でていられるかんじだ。

そうして食べられる草や木の実などを籠に入れ、やっと帰路についたのだった。

「……おい、オトカ。それはなんだ？」

家に着いた途端、さっそく一番上の兄貴にニワトリスのヒナたちを見とがめられた。

「ニワトリスのヒナだよ。俺が飼うことにしたんだ」

「うちは俺たちが食うのにも困ってるっていうのに、そんな魔物を飼うだと!?」

「この子たちの餌は俺が探してくるよ。家のごはんは何もあげなくて平気だし」

「そんなこと言って、畑を食い荒らしたりしたらどうするんだ!?」

確かにその懸念がないとはいえない。俺はカバンの中におとなしく収まっている二羽に声をかけた。

「シロちゃん、クロちゃん、俺が食べていいよって言ったの以外は食べないでもらえるかな？」

二羽はピイピイと鳴いた。わかったと言ってくれたみたいだった。本当に頭がいい。

「大丈夫だと思うよ」

「オトカ、その二羽が何かした時の責任は取れるのかい？」

俺が帰ってきたことに気づいた母さんが家から出てきた。その母さんに心配そうに聞かれ、首を傾げた。食べ物なら森から取ってこられる。ただ、誰かに危害を加えたとなると厄介だなと思った。

ヒナたちは俺を見て、同じようにコキャッと首を傾げた。それを見た母さんは一瞬で陥落したらしい。

即オチってやつかな。いや、それはエロいやつか。俺はいったい何を言っているのか。

「ちゃ、ちゃんとオトカが面倒を見るんだよ……」

母さんはそう言って家に入り、後はもう何も言わなかった。ニワトリスのヒナは本当にかわいい。

ちなみに、一番上の兄貴はヒナたちにちょっかいをかけてつつきまくられた。それで身体が動かなくなったりしたので、慌てて兄貴に触れたらすぐに動けるようになった。

「……？」

ヒナの嘴にも成鳥と同じような効果があるみたいだ。

これは麻痺《まひ》なんだろうか。俺は前世で読んだラノベの知識からいろいろ考えてみることにした。

その結果、俺は毒が効かない体質ではなく麻痺なども含む状態異常を全て無効化する体質じゃないかということが推測できたのである。

状態異常無効は嬉しいけど、なんてチートなんだ。しかも俺が触れた相手にもそれは適用されるみたいだし。

そりゃ病気にもかからないはずだよ。

俺のことはともかくとして、まず俺のかわいいニワトリスの情報について整理しておこう。

ニワトリスというのは魔物で、前世の俺がニワトリと認識していた生き物にとてもよく似ている。ニワトリの魔物というと真っ先にコカトリスを思い浮かべるが、獲物と見なしたものを石化させたりも、尾が蛇だったりもしない。なんというか、強いけどニワトリが恐竜化したらこんなかんじになるのかな？　と思うような魔物だった。

コカトリスより断然かわいいと思うし、俺によく懐いているので仲良く暮らしている。


そんなニワトリスのヒナをその親？　からもらい受けてから約一年が経《た》った。

ヒナはニワトリスとなった。体高が約一メートルぐらいになり、カタコトだけどしゃべるようになった。灰色っぽかった尾は鱗《うろこ》のある黒っぽいそれとなり、成鳥のように長く凶悪である。シロちゃんは真っ白いニワトリスになり、クロちゃんは真っ黒いニワトリスになった。

俺にとってはものすごくかわいいニワトリスたちだけど、雑食で、草だけでなく虫も食べるしたまに他の魔物も狩る。おかげで我が家の食料事情は一気に改善した。

狩った魔物は村の人たちにも一部提供したから、ニワトリスたちは怖がられながらも村で一応受け入れられている。

しかもこの二羽、メスだったらしくうちに来て半年を過ぎた辺りから卵を産むようになった。

それも、こちらで食べられる一般的な卵（ガーコというアヒルみたいな鳥の卵）より二回りぐらいでかい。

それに狂喜したのはうちの家族である。

反射的に卵を取ろうとした家族たち（母さんを除く）はシロちゃんとクロちゃんにつつきまくられた。それは妹たちも同様だった。

「いたーい！　お兄ちゃん、ニワトリスを止めてよ！」

一番下の妹が涙目になったけど、いきなり取ろうとする奴《やつ》が悪いと思う。

俺の妹たちは年子で、俺の一歳下と二歳下だ。最近かなり口が達者になってきてあんまりかわいいとは思えない。え？　妹なんだからかわいがれって？　年が近い兄妹なんて反発するもんだろ。

まぁ俺は四十三歳だった自分を覚えているから、適当にあしらってるけどな。ちゃんと兄として手加減はしている。

「勝手に卵を取ろうとするからいけないんだろ？」

一番多くつつかれた長兄なんかまた動けなくなっている。しょうがないからポンと肩を叩《たた》いて麻痺を解除してやった。

「ぶはー！　オトカ、卵を寄こすようにニワトリスたちに言え！」

ずっと身体が動かなくてもよかったんじゃないか？

懲りないよなぁ。

「そうよそうよ！」

妹たちまで兄貴に追従する。

今まですごく怖がって、かわいくないとか文句を言っていたクセに卵を産むとわかった途端、手のひらを返すとかありえない。

シロちゃんは足で器用に卵を転がし、俺の足元に持ってきた。クロちゃんもそうしようとしている。クロちゃんは細かい作業がちょっと苦手だ。まごまごしているそんなところもかわいい。

「シロちゃん、クロちゃん、ありがとなー」

卵をありがたく受け取ってカバンに入れた。

「オトカ！　卵を独り占めする気か!?」

兄貴の目が血走っている。なんか怖ぃ。

「独り占めも何も……シロちゃんとクロちゃんは俺のニワトリスだし……」

「イナガ、ナーオ、いいかげんにしな！」

見かねた母さんが声をかけてきた。

「でもさぁ……」

「お兄ちゃんだけずるい……」

兄貴と妹が拗《す》ねた顔をする。なんつーかいいかげんうんざりしてきた。

母さんが困ったような顔をした。

「オトカ。ニワトリスの卵は貴重品だって知ってるかい？」

「あー、うん。聞いたことはあるよ……」

そういえば冒険者とかがたまに村に来て、依頼だとかなんだとか言って森の奥にニワトリスを狩りに行くことがあった。ニワトリスを狩るのもそうだけど、卵を取ってくる依頼というのは難易度が高いらしいなんて聞いたこともあった。

それに、ニワトリスに限らず卵は貴重だ。村では共同でガーコを何羽も育てている。ガーコは二日に一個卵を産む。その卵は村の家庭に順番で回ってきて、大体十日ごとに二個もらえるのだ。十日で、七人家族に卵が二個。どれほど卵というのが貴重な物なのかわかろうというものだ。

「もちろんそれだけじゃなくてね、あたしたちもニワトリスの卵は食べてみたいのさ。二つとも寄こせなんて言わない。たまに一個、家族に分けてもらえるようにニワトリスに頼んでみてくれないかい？」

ニワトリスに頼む、という言い方はいいと思った。

俺ももしニワトリスたちがいいと言ったら分けるのはかまわないと思う。毎日二個卵を食べられるのは嬉しいけど、兄妹に睨《にら》まれながら独占するというのはさすがにいたたまれない。

「シロちゃん、クロちゃん」

「ナーニ？」

「オトカー」

シロちゃんがコキャッと首を傾げ、クロちゃんが嬉しそうに俺を呼ぶ。

「さっきもらった卵なんだけど、一個家族にあげてもいいかな？」

シロちゃんはじっと俺を見た。そして側にいる俺の母さんを見る。そうしてから首を頷《うなず》くように前に動かした。

「イッコー」

「オトカー」

「タベルー」

「うん、ありがとう。一個は俺が食べるよ。もし卵を産んだら、これからもたまには家族にあげてもいいかな？」

「イイヨー」

「イイヨー」

ニワトリスたちがそう言ってくれたことで、母さんはとても喜んだ。

「ありがとう、シロちゃんクロちゃん！　もちろんオトカもね！」

母さんだけはニワトリスたちを怖がらないで、先に「触ってもいいかい？」と聞いてから二羽を撫でたりすることもある。だから二羽も母さんだけは認めていた。

「カーサン」

「イイヨー」

俺の言い方を真似《まね》てシロちゃんが「カーサン」と言うと、母さんは嬉しそうな顔をした。

俺はカバンから一個卵を出し、母さんに渡した。もう一個はフライパンを借りて目玉焼きにした。卵一個がけっこうでかいので、目玉焼きもそれなりにでかくなった。兄貴と妹が羨ましそうに見ていたから、自分でフライパンを買わないといけないと思った。森で薬草とかを見つけて雑貨屋で売ればフライパンぐらい買えるかもしれない。

ニワトリスが卵を産むことは村中に知れ渡ったが、獲物を時折村の人たちに提供しているということもあり、十日に二個ガーコの卵をもらうのは継続となった。よかったよかった。

## 2. ニワトリスのヒナはニワトリスに。俺の魔法能力はどうだろう？

八歳になった。俺はものをキレイにする浄化魔法の他に、鑑定魔法というのも覚えていた。魔法二つ目である。

八歳は一つの節目だ。俺が住んでいる国では国を挙げて子どもの能力の発現を助ける為《ため》、八歳になると教会でその能力を視《み》ることができる。

教会で主に視られるのは、その子が生涯に魔法をいくつ覚えられるかという能力だ。

どういう原理でそれがわかるのかは理解できないが、それが子どもの将来を決めると言っていい(小国だから、有能な人材は早めに見つけて国に縛り付けておきたいのではないかと俺は勝手に思っている)。

普通の人は生涯で魔法を三つまたは四つぐらい覚えられるものだという。うちは貧しいから使える魔法は多ければ多いほどいい。一番上の兄貴は五つ魔法が覚えられるということがわかり、親はとても喜んだ。昨年二番目の兄貴も能力を見てもらったら覚えられる魔法が四つだった。

八歳になった俺の能力はどうなんだろうな？　もしかして五つとか覚えられちゃったりして？

子どもたちの能力を視ることは国に義務づけられているので、親は必ず教会へ子どもを連れていかなければならない。

しかし俺が住んでいる村に教会はない。教会は、東の方角へ大人が休まず歩いて半日以上行った先の隣村にはあった。

つまり、子どもの能力を視る為には泊まりがけで出かけないといけないのである。

うちの村で今年八歳になったのは俺ともう一人の少年、モリーだけだった。俺たちを乗せた荷車を親父《おやじ》たちが、えっちらおっちらがんばって引いて隣村まで行くのだ。村に馬もいるにはいるのだが、隣村までの道には魔物が出ることもある。大事な馬をそんなことには使えないというのが村の大人たちの判断だった。

ま、うちの村は本当に貧しいからしょうがないだろう。

「ってことだから、シロちゃんとクロちゃんはどうする？」

「イクー」

「イクー」

二羽のニワトリスはバッサバッサと羽を動かして同行することを主張してくれた。かわいい。

「ありがとなー」

「イッショー」

「オトカー」

あまりにも嬉しくなって二羽をそっと抱きしめた。でもシロちゃんはくっつかれるのがあまり好きな子ではないから、反射的に俺をつつく。ちょっと痛い。でも俺は麻痺しないからへーき（シロちゃんは自分からくっつくのはいいのだ）。クロちゃんは嬉しそうに目を細めている。ああもううちの子たちかわいい。たまらん。

思わずなでなでしてしまい、またシロちゃんに軽くつつかれてしまった。ごめん、でもかわいい。

「……ニワトリスは荷車には乗せないぞ」

父さんが嫌そうに言う。

「乗せなくてもいいよ。父さんにはもう卵はあげないでって母さんに言っておくから」

ニワトリス自身が荷車に乗るかどうかはともかく、そんなことを言う父さんにはもう卵はあげなくていいと思った。

「なっ……そ、そんな殺生な……」

父さんが頭を抱えた。俺は毎日二羽から卵をもらい、一個は母さんに渡している。母さんはその卵をとても喜んで受け取ってくれる。

母さんはまず俺に礼を言い、それから二羽に礼を言う。そうすると二羽も嬉しそうに目を細めるから、やっぱ母さんはすごいなって思う。

でもなぁ、他の兄妹たちの態度はなぁ……きっと父さんの真似をしているんだろう。困ったもんだ。

「リュウダー、オトカのニワトリスは獲物も獲《と》ってきてくれるんだからいいよいいよ」

モリーの父さんがにこにこしながらそう言ってくれた。

「だがなぁ、けっこうでかいだろう？　かなり重いんじゃないか？」

父さんが渋ってそう言うと、シロちゃんが途端に父さんをつつき始めた。失礼なことを言われたってわかったんだろうな。じゃなくてー。

「シロちゃん、つついちゃだめだよー」

「いてっ、いたっ、あいてて、あー……」

何度もつつくから父さんの身体が麻痺してしまったみたいだ。慌ててシロちゃんに抱き着いて止め、父さんにポンと触れる。それで父さんは動けるようになった。うん、この能力は本当にチートかも。でもこれ、魔法じゃないんだよな。

一応鑑定魔法については家族にも教えていない（浄化魔法は前世の記憶を取り戻す前に覚えたから家族には言ってしまった）。なんとなく鑑定魔法って普通は持ってないような気がして、普段家で使うものでもなさそうだしと思って言っていないのだ。ま、俺自身は森でかなり重宝してるけど。

「つつかれたら運べなくなるだろーが！」

父さんが怒っている。怖がらないだけ大物かもしれない。

そんなこんなでああでもないこうでもないと言っていたが、最終的にはニワトリスも荷車に乗るなら乗せて隣村まで向かうことになった。ちなみに、うちのニワトリスは俺がだっこできるぐらいなのでそれほど重くはない。重くてもせいぜい十キログラムぐらいだと思われる。俺より背が少し低い程度だから元の世界のニワトリより重くてもしょうがない。


翌朝ガタゴトと揺れる荷車に乗り、俺とモリーは隣村へドナドナされることとなった。

シロちゃんは基本荷車には乗らないらしく、荷車の横をトテテと歩いている。クロちゃんは荷車に乗った俺の膝にもふっと座った。かわいいし柔らかくてついなでなでしてしまう。うちのニワトリス最高。

「……そうしてるとかわいいね」

モリーがおそるおそる声をかけてきた。

「うん、うちのニワトリスはとてもかわいいんだよ。シロちゃんもクロちゃんも、モリーとモリーの父さんはつつかないようにしてくれなー」

「オトカ！　俺のこともつつかないように言ってくれ！」

父さんからさっそくツッコミが入った。

「荷車を引いてる時は父さんのこともつつかないようにしてくれなー」

「ワカッター」

「オトカー」

シロちゃんはちゃんと返事してくれるんだけど、クロちゃんの返答はどこまでもオトカだ。どんだけ俺のことが好きなんだとまたなでなでしてしまう。それとも返事が「オトカ」だと思ってんのかな。かわいいからいいけど。

ニワトリスの羽毛はとても柔らかい。この世界にはいないらしいけど、俺が想像するコカトリスとかのモンスターって羽も硬そうなイメージがある。うちのシロちゃんとクロちゃんはよく羽づくろいしていて、それなりに汚れると浄化魔法をかけろとねだってくる。かわいいから惜しみなくかけてあげる。おかげでうちのニワトリスたちはいつも清潔だ（その後また羽づくろいしてるけど）。

「荷車を引いてる時以外もつつかないように言えよ！」

父さんは一番上の兄貴と同じで、いきなりニワトリスを捕まえようとしたりするからアウトだ。

二羽が子どもの俺の言うことを大体聞いてるから舐《な》めてんのかな？　何度も言うけどニワトリスって魔物なんだけど？

ガタゴトと揺れる道で父さんたちが荷車を引いていくから進みはゆっくりだ。確かにこれだと泊まりがけになるのはしょうがないよな。それでもほぼ一日中荷車を引ける体力はすごいと思う。

途中休憩を取った時にニワトリスたちと食べられる草などを摘んだ。おいしい毒草などはこっそり摘んでアイテムボックスにしまった。これらは俺とニワトリスしか食べられないし。いいおやつだ。

暗くなる前に隣村との間にある比較的広い野営地に着いた。そこには冒険者と思《おぼ》しき人たちがいて、ゲッと思った。

「えっ？　ニワトリスっ？」

革鎧《かわよろい》を着た人たちがとっさに武器を構える。敵意を向けられたニワトリスたちは一気に戦闘態勢を取る。俺は慌ててニワトリスの前に走り出て両手をバッと広げた。

「こっ、これは俺が飼ってるニワトリスですっ！」

大声で叫ぶ。

絶対に攻撃なんかさせないっ。

俺が前に出たことで、二羽が更に前に出ようとするのを抱きしめて止める。

「だめっ！　かわいいからだめっ！」

「ハナスー！」

「オトカー！」

怒るニワトリスを絶対放さないとばかりに抱きしめている俺を見て、冒険者たちは気が抜けたらしい。

「飼ってるの、ね？」

「はい！　うちのかわいい子たちです！」

攻撃をさせない為に必死だったせいか、自分が何を言っているのかわからない。冒険者たちがゆっくりと武器を下ろしてくれたのでほっとした。うちのニワトリスたちもそれを見て暴れるのをやめた。よかったよかった。

でも俺はその後二羽から軽く何度かつつかれた。しょうがないだろ、だってうちの子大事だし。めちゃんこかわいいし（大事なことなので何度でも言う）。

やっとニワトリスたちが落ち着いてくれて助かった。

「オトカー」

「スワルー」

クロちゃんにその場で座るよう促されたので座ったら、膝にのしっと乗られた。うん、かわいい。シロちゃんは俺の背に寄り添っている。

思った通り、野営地で会ったのは冒険者パーティーだった。五人いて、二人が女性という一組である。

「……へー、ニワトリスって懐くんだ……」

俺の膝に座っているクロちゃんを見てそのうちの一人の女性が呟《つぶや》いた。

「オトカ君は八歳なんだろう？　それなのにニワトリスを捕まえるなんてすごいな」

「捕まえたんじゃないですよ。昨年ヒナのうちに拾ったんです」

冒険者パーティーのリーダーだという男性に話しかけられて、そう答えた。正確には二羽の親からいただいたんだけど。

「さっきの動きもすごかったよ。とっさの判断であれほどは動けないだろう」

「？　そうなんですかね？」

普段から森に行っているから体力とか瞬発力も人一倍あるのかもしれない。ニワトリスたちと一緒に森の中を駆けてるしな。ま、話半分で聞いておこう。

「おい、オトカ。手伝え」

「はーい」

クロちゃんに膝から下りてもらい、鍋に近くの川から汲《く》んだ水（浄化魔法はかけた）と途中で摘んできた草を入れて煮込む。クロちゃんとシロちゃんが持ってきてくれたキノコとかを鑑定し、毒のないものを鍋に放り込んだ（毒キノコは二羽に各自食べてもらう）。味付けは森の奥で見つけた岩塩と胡椒《こしょう》の実である。鑑定魔法とかマジパない。

「……ニワトリスが食べられる物を取ってきてくれるんだねー」

「はい」

ニワトリスがいるからそれほど近づいてはこないけど、先ほどの女性は興味津々だった。

「スープできたよ」

「おー、オトカがいると便利だな〜」

父さんは干し肉と硬いパンを渡してくれた。このパン、そのまま食べると歯が折れそうになるんだよな。

それらを作ったスープに浸しながら食べる。

「オトカが一緒でよかったなー」

モリーの父さんがにこにこしながら言う。隣村には物々交換に行くことがあるらしいけど、その道中で食べるのは基本干し肉と硬いパンだけだという。俺は浄化魔法が使えるから、川で水が汲めると聞いて鍋を持参したのだ。ちなみに浄化魔法は母さんと妹たちも使える。男はあまり覚えないものだと聞いた。それで一番上の兄貴にからかわれたりもしたけど、絶対使えると便利だよなぁ。

「このスープ、すごくおいしい……」

モリーが感動したように言う。まぁ普通は味付けっつったら塩だけだもんな。胡椒は前世の世界でも昔は金と取引されてたぐらいだし。

「それはよかった」

クロちゃんは俺の側に座っている。シロちゃんは自分で餌を探しに行ったみたいだ。クロちゃんは自分で時々毒キノコを出して食べている。手がないのに器用だよなー。

俺たちの食事が終わった頃、シロちゃんが嘴を真っ赤に染めて戻ってきた。なんか食ってきたんだなと苦笑する。

「シロちゃん、おかえり。キレイにしよう」

寄ってきたシロちゃんに浄化魔法をかけると羽をバサバサ動かして喜んでくれた。かわいい。

ごはんを食べている辺りからずーっと冒険者たちからの視線は感じていたけど敢《あ》えて無視した。分ける程の量はないし、冒険者たちからしたらうちのニワトリスも獲物扱いだろうしな。

夜は二羽が、

「ミハルー」

「オトカー」

と言うので任せ、荷車の上でぐっすり寝た。ニワトリスは何日も寝なくてもけっこう平気なものらしい。さすがは魔物である。

翌朝、起きた時には冒険者たちが出発するところだった。依頼で、この野営地から南の村まで行くらしい。南の村というと大人の足でもここから丸一日はかかるといわれる場所である。冒険者ってたいへんなんだなと思った。

「また会えたらいいわね」

そう言う女性に手を振って見送り、また朝ごはんにスープを作って食べ、出発した。

「いやー、オトカのスープはうまいな。温かいものが食べられるなんて最高だよ」

モリーの父さんが喜んでくれたようでよかった。さすがにあんな歯が折れそうなパンをそのまま齧《かじ》るのはごめんだったから、鍋を持参すると言い張ってよかった。

隣村には昼過ぎに着いた。

荷車を一番安い宿に預け、どきどきしながら教会へ向かう。

教会に十字架とかはかかっていなかった。壁が白っぽく塗られた、屋根の高い建物である。屋根の色は白ではないようだった。茶色かな？

入口に白っぽい服を着た人がいたが、俺たちを見ると目を見開いた。

「な、何故ここに魔物が……」

「僕が飼ってるニワトリスです。手を出さなければおとなしいのでよろしくお願いします」

一応こちらの村の入口でも困った顔はされたけど、俺のこの無邪気（？）な笑顔で乗り切った。

俺の膝にクロちゃんが座ってもふっとしていたからかもしれない。おとなしくしてるニワトリスって見た目本当にかわいいし。

俺の少し前を歩くクロちゃんを後ろからそっと抱きしめる。ほら、おとなしいでしょというアピールをする。

教会の入口にいた人は目を白黒させた。

「飼っている、んですか……？　ですがさすがに教会の中には……」

「僕と一緒じゃないと、誰かに狩られちゃうかもしれないから……だめですか？」

お願い、というオーラを出して言ってみる。父さんたちが顔をスッと逸《そ》らしたけど、見なかったフリだ。

「き、聞いて参ります……」

さすがに勝手な判断はできなかったらしく、その人は慌てて中に入っていった。

しばらくして、ちょっと偉そうな人と一緒に出てきた。

「おお……本当にニワトリスですな」

「はい、ヒナの時から一緒に暮らしているんです。僕……この子たちと一緒じゃないと」

必死に純真な少年アピールをしてみる。クロちゃんとシロちゃんが不思議そうにコキャッと首を傾げた。その態度はどうかと思うぞ。すっごくかわいいけど。

「ヒナからですか……それならばいいでしょう。八歳になった子どもの能力を見るのは国に定められていることです。ですが、必ずおとなしくさせてください」

「わかりました。シロちゃん、クロちゃん、絶対に俺の父さん以外つついちゃだめだからねっ！」

「ワカッター」

「オトカー」

「だから、なんで俺はいいんだよっ？」

一人ぐらいつつける相手がいないとストレス溜《た》まるかもしれないだろ？

教会の人が苦笑した。

「ははは……なかなか肝が据わった息子さんですな。どうぞこちらへ」

そうして俺たちは教会へ足を踏み入れた。

すでに魔法を二つ覚えている俺である。

きっと一番上の兄貴と並ぶ五つとか、もしかしたら六つ以上魔法が覚えられるかもしれない。

……そんな期待を胸いっぱいに抱えていたわけですが。

「……それでは始めましょう」

厳かに始まった祈りに、俺も手を合わせて目を閉じた。

「貴方《あなた》が魔法を生涯覚えられる数は……」

どきどきである。確か勇者だと二十ぐらい魔法を使えるんじゃなかったっけ。俺が勇者だったらどうしよう。

「……二つです」

「……えっ？」

俺は耳を疑った。

ちょっと待ってほしい。俺はすでに魔法を二つ覚えてしまっている。ってことはもうこれから一つも魔法が覚えられないってことなのか？　嘘《うそ》だろ!?

「ふ、二つ、ですか？」

「はい」

ご愁傷さまですとか言いたそうな顔で教会の人は返事をした。

「なんだってえええっ!?」

父さんが叫ぶ。とてもうるさい。その声でほんの少しだけ冷静になれた。シロちゃんもうるさいとばかりに父さんをつつく。

「いてえっ！」

余計にうるさくなったかも。

シロちゃんが解せぬというようにコキャッと首を傾げた。かわいいなぁ、ってそうじゃなくて。

「お待ちください。魔法を覚えられる数は確かに二つですが、彼にはその他に加護が付いています」

教会の人がそう言ったことで俺はギクリとした。魔法を覚えられる数だけがわかるんじゃなかったのかよ？　加護が付いていることまでわかるなんて想定外だった。

「カゴ？　カゴってなんだ？」

父さんがいぶかしげな顔をする。普通は聞かないもののようだ。それより麻痺しなくてよかったな。

「加護はめったに得ることがないものの総称です。魔法の他にこの加護があることでご子息の将来は安泰でしょう。しかし……ニワトリスの加護とはどのようなものでしょうね。ご自身でどういったものかわかりますか？」

「あー、えっとー……」

〝〜の加護〟とかも見えるのかよ。

こんなことなら教会に来なければよかったと思った。背を冷や汗が伝う。

俺は鑑定魔法を得てから面白がっていろんなものを鑑定していた。自分もうちのかわいいニワトリスたちも、家族も村の人も、もちろん森にあるあらゆるものに対して使いまくっていたのである。そうして使っていくと、最初は名前しかわからなかったものに情報がどんどん追加されてきた。鑑定魔法というのは魔力消費が少ないのか、俺は思う存分使うことができた。

森でこっそり、「ステータス、オープン！」とかへんなポーズをつけて叫んだこともある。残念ながら何も起こらず、シロちゃんとクロちゃんにはコキャッと首を傾げられて何してるのー？ と言いたげな視線を向けられた。あれはなかなか恥ずかしかった。

あの時はぐおおお……とあまりの恥ずかしさにうずくまったらシロちゃんにつつかれ、クロちゃんにはすりすりされた。シロちゃんの愛がちょっと厳しいです。

じゃなくてだな。

ニワトリスの加護である。〝〜の加護〟という情報は鑑定魔法をかなり使ってから最後に出てきたものだった。それなのにここの能力判別？ みたいなところでもバレるとは思わなかった。でも加護の内容まではわからないらしい？ いったいどういうシステムなんだろうな？

「う、うーん……」

アイテムボックスと答えるわけにはいかなくて俺は困ったような顔をしてみせた。

クロちゃんは俺の後ろにいて、俺を慰めるようにすりすりしてくれている。ああもう抱きしめたい。

「ニワトリスの加護だぁ!? どんだけニワトリスづいてるんだよっ、あはははは!」

笑い出した父さんをシロちゃんがさっきよりも強くつつきまくる。ああ、そんなにつついたら……。

「いてっ、こらっ、痛いだろっ、ぐっ……」

父さんはシロちゃんから逃げようとしたけど逃げられず、そのまま固まってしまった。あ、麻痺ったなコレ。

「こ、これは……」

教会の人が目を見開いて絶句した。俺は急いで父さんのところへ行き、ポンと肩を叩いた。それで父さんが前へつんのめる。ここでコケて鼻とか打つと面倒なので支えた。

「ちゃんとニワトリスを見とけっつってんだろ!」

「父さん、そんなこと言ってるとまたつつかれるよ……」

いいかげん学んでくれないよなー。

呆《あき》れたように言えば、父さんはうっと詰まった。

「そ、それなのですか？　ニワトリスの加護というのは……」

教会の人が信じられないものを見るような顔で俺を凝視した。

それって……ああ、麻痺を解除するのがニワトリスの加護だと思われたのかな？　まぁつつかれたら五回に一回ぐらいは麻痺するしなー。

「……たぶん、そんなかんじです」

そう思わせておいた方がいいだろう。俺は困ったなというように笑ってみせた。

「麻痺を解除するとは……それは素晴らしい加護です」

「あのー、すみません。うちの子は……」

教会の人は天を仰ぎ、祈るように手を合わせた。それを見てモリーの父さんが苦笑する。そういえばモリーはまだ見てもらっていなかった。

俺は二羽と共に場所を空けた。

「あ、はい。どうぞどうぞ」

モリーが一歩前に出て、緊張した面持ちで能力を視てもらった。

「貴方が魔法を生涯覚えられる数は……」

こっちもどきどきである。

「五つです」

「よっしゃあああああ！」

モリーの父さんがグッと拳を握った。そうだよね、五つと二つじゃえらい違いだよね。

モリーは苦笑していたが、俺の方をちらと見てふふんと笑った。くそう。

「全く、二つじゃどうにもなんねえな。オトカ、お前は十三歳になったら予定通り出ていけよ」

「……わかった」

まぁそうだろうなと思った。どうせ三男坊だしな。

そうして教会の人にお礼を言って立ち去ろうとしたら、呼び止められた。

「オトカ君」

「はい？」

「もし、十三歳になっても仕事が見つからない時は、是非教会に来てほしい」

「え？」

教会の人はしごく真面目な顔で俺を見た。目がなんかマジでちょっと怖い。シロちゃんとクロちゃんが俺の前に出る。危害を加えないようにと、俺は二羽を後ろから抱きしめた。

「えっと……？」

「オトカ君の加護は素晴らしい。麻痺を解除する魔法というのはあるにはあるが、魔力が尽きれば一時的に使えなくなってしまう。だが加護ならばずっと使えるのではないかな？」

「まぁ、たぶん？　そうです、ね……」

俺はそっと目を逸らした。

アイテムボックスも常時展開だし、魔力は使ってないだろうしな。俺の状態異常無効化も同じだ。

「オトカ君さえよければ是非教会で働いてくれないか？　もちろん好待遇も約束しよう」

「その……考えておきます」

食いつかれすぎて若干引いた。

やんわりとお断りして、出ろと促す父さんについて急いで教会を出た。

「全く……たった二つかよ～」

まだ父さんはぼやいていた。ぼやきたいのはこっちの方だ。腹が立ったからシロちゃんに、

「……ついてきていいよ」

とこっそり許可を出したのだった。


さて、俺が自分に鑑定魔法をかけていたことは前述した通りだ。

自分と言わずそれこそ目に映ったありとあらゆるものにかけていたわけだが……その鑑定結果によれば、俺には生まれつき状態異常無効化（麻痺・毒・睡眠・魅了等あらゆる状態異常を無効化する。だから病気にもならない）という能力があるらしい。それは俺が触れた相手にも適用される。

これは魔法とも加護とも違うものだ。

覚えている魔法は浄化魔法と鑑定魔法。そしてニワトリスの加護はアイテムボックスという便利

仕様。しかしもうこれ以上魔法は覚えられないから、とにかく後は自分を鍛えていくしかないだろう。なんか便利アイテムとかあればいいんだが、そんなものはこの貧しい村には売ってないし、そもそも買えない。

十三歳になるまではあと五年ある。その五年間でどうにかしていくしかない。

父さんはいつまでも「二つかよ〜」とぼやいていた。その度にシロちゃんにつつかれていたのだが、父さんは全く学ばなかった。

モリーもモリーの父さんも、魔法の数の話はしなかった。それが余計にこう、なんかキた。とはいえ、モリーに多少得意そうな顔をされたぐらいだから、父さんみたいに二羽をけしかけるわけにもいかない（それでうちのニワトリスになんかあっても困る）。

まぁとにかく、ニワトリスの加護を麻痺解除だと教会の人が誤認してくれてよかった。アイテムボックス持ちなんて知られたら商人に攫《さら》われかねない。……麻痺解除だけでも教会に攫われそうだけどな。なんか目がガチで怖かったし。

帰宅したら母さんは慰めてくれたけど、二人の兄は「使えない奴」と呟いた。シロちゃんとクロちゃんが散々二人をつつき回してくれたので、しばらく（二時間ぐらい）麻痺したまんまで放置してやった。

夜寝た後に、「調子に乗った俺が悪かったー！」とかいう悲鳴のような父さんの声が聞こえた気がしたけど、あれは夢だったんだろうか。

帰宅した翌朝父さんの顔に大きな痣《あざ》があった。もしかしたらニワトリスにちょっかいをかけたりしたのかもしれない。

「シロちゃん、クロちゃん、父さんのこと何か知ってる？」

「カーサン」

「オトカー」

その後は何も言わなかった。カーサンと聞いて「？」が浮かんだけど、二羽は家の表へ出ていってしまったから慌ててその後を追いかけた。そうして畑仕事に精を出した。

「オトカはとてもいい子なんだけど……うちも貧しくてね」

午後、兄妹たちがいない時母さんが言いにくそうにこう言った。

「わかってるよ、母さん。十三になったら絶対に出ていくから、心配しないで」

「すまないね……出ていく時にはできるだけ物を持たせるようにするからね」

「そんなこと考えなくていいから！」

どちらにせよ俺は三男坊なんだからよっぽどの能力を持っていないと家に残れるはずもなかった。

……つっても、普通の子どもならともかく俺としては家を出られて万々歳なんだが。

何せ中身が四十三歳のおっさん＋αなわけで、兄たちも妹たちも生意気なガキんちょにしか見えない。兄貴がバラしたせいで妹たちにも「二つ？　嘘でしょ？」とか言われたし。

あ〜、来年上の妹が教会に行った後を思うと気が重い。絶対役立たず扱いされるんだろうな。ま、俺は家の仕事以外ではほとんど家にいないからいいけど。

そんなわけで、畑仕事を終えてから俺はまたニワトリスたちと森へ向かった。

人目に付かないところまで移動してから改めて自分に鑑定魔法をかけてチェックしていく。

しっかし生きている間に覚える魔法の上限って、どうやったら見えるものなんだろうな？　不思議でしょうがない。

たった二つと言えば二つなんだが、浄化魔法も鑑定魔法もものすごく使える魔法だ。ニワトリスの加護でアイテムボックスも得ているので、毒のある食材（？）も取り放題である。もちろん根こそぎ取らないように気を付けてはいる。

ちなみに、シロちゃんとクロちゃんもかなり魔法は使える。威嚇という声を張り上げることで相手を硬直させる魔法が一つ。硬直は最低でも三十秒ぐらい続くのでなかなか有用な魔法だろう。

そして、感知魔法。元々索敵能力が高いニワトリスだけど、その精度を更に上げる魔法のようだった。それを使って森の奥にいたワイルドボアを狩ってきたんだよな。さすがにあんなにでかいのを運ぶのは骨が折れた。

更に暗視の魔法まで持っていた。ニワトリスは元々夜目が利くが、魔法を使うと昼間のように見えるみたいだった。そりゃあニワトリスには勝てないだろって思った。

最後に風魔法。ニワトリスは尾の部分が頑丈で重いので、主に飛ぶ時の補助で使っているみたいだった。普通の鳥のように飛ぶのではなく、高く跳躍する補助みたいなかんじかな。一応鳥なんだし？　と試しに飛んでもらったら、十メートルだか二十メールぐらいは空も危なげなく飛べたからすごいなと思った。一度に飛べる高さは三十メートルぐらいだった。風魔法ハンパない。

ニワトリスたちはこの先も魔法を更に覚えるかもしれないが、俺はできるだけ腐らないようにがんばっていきたいと思った。

# 第二章　異世界旅と青い虎

## 3．更に二年後、ニワトリスたちと夜逃げしてみた

いつも通りの日々を暮らし、更に二年が経過した。

上の妹は魔法を四つ、下の妹は魔法を三つ覚えるということがわかったらしい。それからだ、一番上の兄貴のあほ発言が増えたのは。

「おい、オトカ」

「……なんだよ」

「お前が十三になってこの家を出てくのは大歓迎だが、ニワトリスは置いてけよ」

「……は？」

最初聞いた時は耳を疑った。コイツは何あほなことを言っているのかと。

「聞こえなかったのか？　ニワトリスたちは置いて、出てけっつったんだ」

「……なんで？」

思わず素で聞いてしまった。

「言われなくてもわかんだろーが、それぐらい！　ニワトリスの卵が食いてえんだよ、俺たちは！」

そんなに声を張り上げなくても聞こえるっつーの。下の兄貴と妹たちもうんうんと頷《うなず》いている。

ムカついたから、

「だから？」

と聞き返してやったら、もちろん喧嘩《けんか》になった。少し離れたところにいたニワトリスたちが駆けつけてきた時には、俺は兄貴たちから逃げ回っていた。情けないと言うなかれ。殴ったら手が痛いし蹴ったら足が痛くなるのだ。妹たちはおろおろしている。そこへニワトリスたちが駆けてきて、クケエエエエッッ!!　と声を張り上げた。

俺には威嚇も効かなかったが、兄妹《きょうだい》は見事に硬直した。

三十秒以上も固まっているならちょうどいいと、兄妹たちをつつこうとするニワトリスたちを促して森へ逃げたのだった。

それで少しは懲りたんじゃないかと思ったんだが、残念ながら一番上の兄貴は懲りなかった。

俺に言ってもだめだと思ったら、今度はニワトリスたちを捕まえようとし始めやがった。金がないからニワトリスの捕獲とか依頼しないだけで、あの目は本気だなと思った。

この三年間毎日一緒にいてくれた大事なニワトリスたちである。

誰が置いていくもんか。

さすがにこれはやばいなと思い、数日かけて準備をし、月のない真夜中にニワトリスと共に家から逃げ出したのだった。

……というのが俺たちの夜逃げまでの顚末《てんまつ》である。

月がないっていうのに、意外と森の中はよく見えた。

出てくる時俺が使っていた裏が透けそうな程薄い毛布と、一番上の兄貴の靴をもらってきた。勝手に。

一番頑丈そうな靴だったから履けるようになったらありがたく履かせてもらうつもりだ。俺は浄化魔法も使えるしな。

とりあえず追手があることを想定して森の奥へ、奥へとどんどん入っていく。俺がニワトリスたちを見つけた更に奥まで。

そういえばこの森ってかなり広いけどどこまで続いてるんだろーな？

途中で水音が聞こえてきたので二羽に声をかけてそこまで慎重に向かい、手頃な石の上で休憩することにした。動物の皮で作った水筒には水を汲《く》んできたけど、ここで汲めるならばありがたい。

兄貴の水筒ももらってきていて、それはアイテムボックスの中に入れてある。どこまで兄貴の物を持ち出してきているんだと言われそうだが（誰に？）、せいぜい持ち出してきたのはこれぐらいだ。

兄貴は嫌いだけど母さんに苦労をかけたいわけじゃないからな。

台所にはありったけの食材を置いてきた。それから椿《つばき》みたいな種から採った油も（ユーの実というらしい）。雑貨屋のばあちゃんに聞いたら髪に塗ってもいいと言っていたから、母さんにそう言って渡したことがある。

母さんは、

「髪に、かい？　調理に使えるものなんだろう？」

と不思議そうな顔をして言った。

できれば髪に塗ったりして少しでもキレイになってほしいと思ったけど、子どもが五人もいたらそれどころではなかったんだろう。

油はできるだけいっぱい搾って置いてきたから、少しは使ってくれるといいな。

ま、俺一人分の食《く》い扶持《ぶち》が減れば少しは楽になるだろう。

ふーっとため息をついた。

シロちゃんとクロちゃんが警戒しないで水を飲んでいることから、この周りには危険な生き物はいないらしいということがわかる。

夕飯食ってきてよかった。

水筒の水を飲み、川の水を汲んで浄化をかけた。これで飲み水が補給できた。

つっても俺は状態異常無効化があるからどんな水を飲んでも腹を壊さないに違いない。でも浄化をかけると嫌な臭いなんかも消えるので積極的に使っている。

いくら危険な生き物が周りにいなそうだといっても、警戒するにこしたことはない。

この辺りで洞穴とかを見つけられればよかったんだが、残念ながら見つけられなかった。だが一晩ぐらいなら休む方法はあるのだ。

「シロちゃん、クロちゃん、俺朝まで休みたいから、安全な木を探してもらえるかな？」

「イイヨー」

「オトカー」

二羽は快く引き受けてくれ、バサバサと飛んで近くの木の上を調べてくれた。

「オトカー、ココー」

「ありがと」

シロちゃんが見つけてくれた木に張り付いてどうにか登っていく。真っ暗で何も見えないんじゃないかって？　よくわからないけど、暗闇に目が慣れたのか意外と見えるんだよな。手探りで登り、シロちゃんがいるところに着いた。けっこう枝がしっかりしているし、足場っぽくもなっている。更に近くに枝が集まっているのでどうにか過ごせそうだ。俺、寝相も悪くないしな。

その枝にクロちゃんがバサバサと飛んでくる。

俺は木に浄化魔法をかけ、自分と木を草をよって作った簡単な縄で結んでから木の幹にもたれて寝ることにした。寝転がることはできないがそれはしょうがない。

「ありがと、シロちゃん。もう寝るなー」

「オヤスミー」

「オヤスミー」

シロちゃんは見張りをしてくれるらしい。クロちゃんは俺にぴとっとくっついてくれた。ああこのもふもふがたまらん。そうして俺はクロちゃんをだっこするようにして眠った。

薄い毛布でも、持ってきておいてよかったなぁ。

翌朝、木の下に降りると二羽が卵を産んでくれた。

「うおー、ありがとなー」

一応森の中ということもあり、これらのやりとりは昨夜《ゆうべ》から全て小声である。いろいろな音がし始める時間ならいいのだが、辺りはまだ静かなので。とはいえ二羽の卵を見ると腹が減ってきた。どーすっかな。

川の水をフライパンに汲み、浄化をかけてから顔を洗う。直接川で顔を洗ってもいいのだが、見た目はキレイだけど寄生虫とかいないとも限らない。状態異常は無効化されるけど寄生虫に対してはわかんないしな。

つか、こっちの世界に寄生虫っていんのかな。

これから一人と二羽で生きていかなければいけないのだ。絶対に病気になんてかかるわけにはいかない（しかし生まれてこの方病気にかかったことはないらしい）。

鳥の声や何かが動くような音が少しずつし始めた。森の中はまだ暗いが木々の間から射《さ》し込《こ》む日の光は確実に強くなっている。シロちゃんとクロちゃんは俺の側《そば》にいて地面や草などをつついている。危険はなさそうだと判断し、二羽の卵をいただくことにした。

この世界にサルモネラ菌がいるかどうかは知らないが、生で卵を食べている人はいなかったのでやはり焼いた方がいいだろう。

森で採れるユーの実は細かく砕いて搾れば油が取れる。自分で毎日卵を一個調理して食べることもあり（目玉焼きにすることが多いので油を使う）、ユーの実はそれなりに採っていた。村の人たちが森の恵みを採ることもあるので、ニワトリスたちがそれなりに育ってからは普段村の人が入らない奥まで入って採取していたので問題はないだろう。

しかもこのユーの実、搾った後の実を焼いて食べるとなかなかうまい。だからとても重宝している。

俺がいなくなるとユーの実を採る人がいなくなるから母さんが困るだろうと、それだけは餞別として搾った油と別に多めに置いてきた。俺は森で採ればいいし。

さて、顔を洗う為《ため》に汲んだ水は川に捨て、簡易で作った竈《かまど》に火をおこした（杉の葉に似た木の葉に火打石でつけた）。フライパンに再度浄化をかけてから油を垂らして目玉焼きを作る。おいしい毒キノコも一緒に焼いたので超贅沢《ぜいたく》な朝飯になった。

これからは毎日二個ずつ卵が食べられるなんて幸せだなぁ。

今までは二個産まれたら一個は母さんに渡していた。母さんはたまにでいいと言ってくれたけど、母さんには健康でいてほしいと思って渡していたのだ。思えば、森で採れる食材とかも母さんに食べてほしくて採っていたんだよな。すごく喜んでくれたし……。

家を出てたった一晩しか経《た》ってないというのにしんみりしてしまった。

地面や草をつついていた二羽が近づいてきて、シロちゃんは俺に一瞬すりっとし、クロちゃんは俺にすりすりしてくれた。シロちゃんはまた地面をつつき始めた。

「そうだよな。シロちゃんとクロちゃんがいるんだから、俺は幸せだよな」

朝飯を食べ終えてうーんと身体《からだ》を伸ばす。

さーて、せっかく狭い世界から出てきたんだから広い世界を見に行こう。

まずはこの森を出ないとなんだが、人里を探して冒険者になりたいな。んで、国内を巡って……この国って海はあるんだろうか。

そういえば元の世界では金さえあれば世界一周旅行をしたいって思ってたんだよな。一番身近な異世界って言ったら外国だし。文化も言葉も、暮らす人の髪の色や肌の色も違う。こっちの世界でもやっぱ外国は言葉が違うのかな。

冒険者になって、ニワトリスたちと世界中を回ってみたい。

……とはいえ、とにかく情報が足りない。

どこへ向かうにしても情報は大事だ。

俺は村の北にある森に入り、そのまままっすぐ北の方角へと駆けてきた。で、今は川の側にいる。川は北から南に向かい、少し西に傾くようにして流れている。おそらくうちの村の西の外れに流れている川へと繋《つな》がっているに違いない。あの川はこれほど川幅はなかったけどな。なんで上流のはずなのにこっちの方が川幅が広いんだろう？　途中で分かれたりしてんのかな？　それはともかくこのまま川に沿って北へ向かうか、東へ向かうかなんだけど。

雑貨屋のばあちゃんの話だと、北には高い山があってそこには恐ろしい魔物が住み着いていると言っていた。東に行くとこの国の王都があるらしい。十歳の俺が王都に行って仕事とか探せるもんなのかな？　そもそも王都にニワトリスって連れてっていいもんか？　殺されたりしたらやだし。でも北の魔物ってのもどうなんだろう？

「うーん……」

自分一人では決められないので、シロちゃんとクロちゃんにも聞いてみることにした。

「なー、シロちゃんクロちゃん」

声をかけると地面をつついていた二羽が頭を上げた。クロちゃんがこちらを見る。

ナーニ？　と言いたそうである。とてもかわいい。

ってだからそうじゃなくて。

「家を出てきたはいいんだけど、どっちへ行けばいいと思う？　北か、東か」

腕を伸ばして方角を指し示した。

なんで西の方角が選択肢にないかというと、西の方角には川が流れているからだ。川幅は思ったより広く、多分五メートルぐらいある。流れは穏やかだが、深さもわからないので渡るのはできれば避けたかった。南へ向かったら村へ戻っちゃうしな。

シロちゃんもこちらを見た。

そして俺の伸ばした腕を見て、北の方角へ伸ばした方をつついた。

「北？　シロちゃん的には北なのか。クロちゃんは？」

クロちゃんも同じ腕をつついた。

「じゃあ北に行くかぁ……」

もしかしたら意味がわからなかっただけかもしれないけど、最初はニワトリスナビで北へ向かうことにした。

まー、特にこれといった目標も今のところはないしな。できれば冒険者になりたいから、冒険者ギルドがある町に辿《たど》りつけるといいんだけど（うちの村にはなかったし、確か東の村にもなかったと思う）。

フライパンと箸に浄化魔法をかけてキレイにし、アイテムボックスにしまう。一応カモフラージュで母さんお手製のリュックも背負っているから大丈夫だろう。どうやら任意の場所にアイテムボックスの入口を出すことができるらしく、なかなかに重宝している。ニワトリスの加護、すごすぎる。

しかもなんとなくなんだけど、ニワトリスの加護ってアイテムボックスだけじゃなさそうなんだよな……。まだ確信はないんだけどさ。

鑑定魔法を使っていくうちにもしかしたら判明していくかもしれないし、まずは行動してみよう。

「シロちゃん、クロちゃん、行くよ～」

「ワカッター」

「オトカー」

返事をしてくれる二羽がすごくかわいい。

そうして俺たちは北へ向かった。

北へ進んでいくにつれ、どんどん森が鬱蒼《うっそう》としてきた。ここまでは人の手が全く入っていないってことなんだろう。

森を歩くのには慣れていたつもりだったけど、それはあくまでも手入れされた森限定だったみたいだ。けっこう疲れる。

前を行くシロちゃんが足を止めた。

クケエエエッッ！　と木の上から野太い鳴き声がした。それにシロちゃんとクロちゃんがクァアアアアア――――ッッ!!　と更に大きな声で鳴き返す。それで木の上の声の主は黙ったようだった。

なんか、木の上の存在感が薄くなった気がする。

「イクー」

「オトカー」

シロちゃんとクロちゃんに促されて先を進むことにした。途中でキノコの群生地を見つけたので、そこでお昼にすることにした。

「シロちゃん、クロちゃん、ちょっと休んでいい？」

「イイヨー」

「オトカー」

二羽も俺の側でキノコをつつき始めた。俺は見慣れたキノコ以外には鑑定をかけて調べていく。中には見た目は違っても同じキノコだったりするものもあるから難しい。俺は状態異常無効化があるからどんな毒キノコを食べてもなんともない。むしろ毒キノコの方が味わいがあってうまいぐらいだ。

こうなってくると、毒があるからって食べられないのってもったいないなとか変な思考まで浮かんでくる。いかんいかん。

「あっ、シロちゃん。それ全部食わないでくれよ～」

うまい毒キノコは二羽が見つける方が早い。シロちゃんが俺をつつく。

「一個ぐらい食べたいじゃん」

しょうがないわね、と言うようにシロちゃんが食べていた場所からどいてくれた。

「シロちゃん、ありがとー！　愛してるー！」

二つばかりもらって一口味見してみる。うん、さすがニワトリスが真っ先に食べるだけのことはある。うまい。でも生だから後で火を入れて食べよう。俺は生で食べてもなんともないけど、キノコは火を入れないとだめだ。これだけは絶対に守ってくれよな(俺は誰に向かって言ってるんだ?)。

「オトカー」

クロちゃんが俺の服の袖に軽く嚙《か》みついて引っ張った。

「えっ? クロちゃんなになにー?」

服が破れそうなので慌てて付いていくと、でっかいキノコがいっぱい生えている場所があった。

「うわ、でかっ」

その一つをクロちゃんがつつく。そして頭を上げ、コキャッと首を傾《かし》げた。

「え? おいしいの教えてくれるの?」

「オイシイー」

「か、かわいい……」

クロちゃんのかわいさにやられました。思わず四《よ》つん這《ば》いになってしまう。目の前にでかいムカデが……と思ったらシロちゃんがガッと咥《くわ》えた。そしてコキャッと首を傾げる。うん、かわいい。

ムカデを咥えてなかったらもっとかわいい。

どーぞ、とされそうになったので、

「それはシロちゃんが食べて」

とお願いした。シロちゃんは頷くように首を前に動かすとバリバリと食べ始めた。

うん……どうしても食べ物がなかったら考えるけど、見た目的に虫はあんまり食べたくないかなー。

クロちゃんが食べていたでつかいキノコはうまかった。他の似たような見た目のキノコは別種であまりおいしくなかった。これだからキノコは難しい。

きっと木が生えすぎて太陽の光が地面に届かないから、じめじめしててキノコ天国になっているんだな。ありがたくおいしいキノコを一部採取して先へと進むことにした。

引き続き北の方角へと進んでいるわけだがもちろんあまり景色は変わらない。

でも鬱蒼とした木々の一本一本がどんどん太く、でかくなっているのはわかる。北に向かうと寒くなるんじゃないのかな。もしかしてここは南半球か？

この森の広さがわからないのが困る。

え？　そういうの学校とかで教えてもらえないのかって？

そもそも学校なんて大層なものがうちの村にはなかった。両親だって数字ぐらいしか読めなかったし、勉強ナニソレおいしいの状態だ。つくづく教育ってのは贅沢なんだと俺は実感したね（個人の意見です）。

雑貨屋のばあちゃんが数字とか簡単な文字とかは教えてくれたから自分の名前は一応書けるけどさ。でも読み書きができるとはとても言えない。そういうことも学びたいよなぁ。

話が大幅に脱線した。とにかく北へ行くのだ。

「高い山があるって話だから、進んできゃぶつかるだろ」

北へ向かっていくわけだから、耐えられないほど寒くなってきたら途中で方向転換すればいい。どうせあてどない旅だ。

でもまぁ、最初の目的はある程度定めた方がいいよな。

三男坊ってことで、どちらにせよ家を出るつもりではいた。……こんなに早くじゃなかったけどさ。

まずは冒険者になるのが当面の目標だ。シロちゃんとクロちゃんもいるし。

冒険者ギルドというところに行って冒険者になることを宣言すると身分証明書みたいなのを作ってもらえるらしい。もちろん有料だ。その為のお金はこれからどうにかするとして、まずはその冒険者ギルドがある場所へ向かわなければならない。

……その前に森を出るところからかな？

北の方に村とかってないかなー。

日が陰ってきたようなのでシロちゃんとクロちゃんに声をかけて足を止めた。無理は禁物だ。

「シロちゃん、クロちゃん、今日はこの辺りで休みたいんだけどいい場所ってある？」

「タブンー」

「アルヨー」

二羽が答えてくれた。思わずにっこりしてしまう。うちのニワトリスめっちゃかわいい。

二羽は上を見ながらその辺をうろうろし始めた。きっと過ごしやすそうな木を探しているのだろう。確かに地面だといろいろ虫が這《は》っているから、下で過ごすとなったらまず枯草とか枯れ木とか集めていぶす作業を行わなければいけない。その点、木の上にはそれほど虫は登ってこないみたいなので落ちることを考えなければ快適だと思う。とりあえず落ちたら怖いので紐《ひも》を編む為に頑丈そうな枯草を探すことにした。

「ミツケター」

「えっ？」

シロちゃんがバサバサと羽を動かしてぴょんと跳んだ。

そのぴょんでけっこうな高さまで跳び、そのままバッサバッサと飛ぶ。いつ見てもニワトリスってすげえ。ついあんぐりと口を開けてしまった。

シロちゃんはそのままある木の枝に止まると、クァアーッ！　と鳴いた。

あそこがいいってことだな。

「わかった。ちょっと待っててなー」

あそこまで行ってしまうと用を足すのもたいへんなので、クロちゃんに見張ってもらいながらいろいろ済ませ、そのままでも食べられそうな毒草をそれなりに摘んでから木に登ることにした。ニワトリスは自力で飛べるけど俺は自分で登るしかない。でもクロちゃんは俺が心配だったらしく、バサバサ飛びながら登るのをサポートしてくれたので思ったよりも早く木の上に登れた（手とか足を置く位置を教えてくれたりした）。うちのニワトリスはすっごくかわいい。

「クロちゃんありがとなー。お、うろがあるじゃん！　シロちゃんさっすがー！」

太い木の途中、シロちゃんが先に飛んできた場所は太い枝ってだけじゃなくて子ども一人ぐらいなら入れそうな穴が開いていた。シロちゃんがふんすという顔をしている。

「オトカー、ナカー」

「うん、ありがとう。ちょっと待って」

うろの中を見てみるけど、特に何もない。虫の死骸とか枯れ葉っぽいのは入っているからそれを外に捨てて浄化をかける。

これで一晩は快適に過ごせそうだった。

「いつもありがとなー」

シロちゃんとクロちゃんの羽を撫《な》でれば嬉《うれ》しそうに目を細めてくれた。

「じゃ、夕飯にしよっか」

アイテムボックスから先ほど採取した毒草や昼に採取した毒キノコを出す。毒を含んだものって苦いとかまずいってイメージがあるけど、魔物が率先して食べるってぐらいうまいものなんだよな。

もちろんこういうのを食べないでまんま肉食っていうのもいるから、何年かに一度は村の近くにも魔物が現れたりはするんだけど。

「これ、うまいな」

クロちゃんが見つけてくれた毒草はなかなかおいしかった。なんていうか、レタスの味をより濃縮したような味だったので、俺は塩を振って食べた。

「失敗したな……」

毒草はおいしかったんだけど、朝卵をまとめて調理しておけばよかった。寒くはないんだけど温かいものが食べたくなる。夜は特に。

アイテムボックスに入れたものは時間経過がないらしく、温かいものを入れたら温かいまま出てくる。明日からはできるだけ作り置きしよう。

元々暗かった森の中はもうかなり暗くなってきた。月の光も見えないから、俺じゃなんにも見えないはずなんだけど意外と見えるのが不思議だ。これは昨夜も思ったことである。

毎晩早く寝てしまうから気づかなかったけど、俺もシロちゃんたちみたいに暗視魔法みたいなものが生えてんのかな？

魔法ってことはないから、やっぱ加護が関係してんのかな？

「ふー、おなかいっぱい。シロちゃん、クロちゃんもおなかいっぱいになった？」

二羽は首を振った。だよなー。でも、

「ダイジョブー」

「オトカー」

と俺の側にいることを優先してくれる。

「俺はもう寝るから、餌とか取りに行ってもいいからなー」

そう言って薄い毛布をかけ、うろの中で寝ることにした。

太くてでかい木の太い枝の側にあるうろに、身体を丸めて寝転がりうとうとしていた。

うろの前にはクロちゃんがいてくれるらしく、俺の足にそのもふっとした羽が触れている。優しくてかわいくて大好きなんだよなーなんて思っていたら、カリカリカリ……と何かをひっかくような音が聞こえてきた。

俺が登れるぐらいだから、他の生き物が登ってきてもおかしくはない。

緩慢に身体を起こした時、キイイイイイッッ！　という高い鳴き声がした。クロちゃんがうろを塞ぐようにしているから見えないけど、きっとシロちゃんが何か倒してるんじゃないかな。

キー――――ッ！　という鳴き声が遠ざかっていく。もしかして落ちたか？

それからもキイキイという鳴き声はしばらく続いたが、そのうち静かになった（静かになったと言っても俺たちの周りは、という程度である。夜の森の中も意外とうるさい）。

クロちゃんがうろの前から身体をどけた。どうやら終わったらしい。

「オトカー、キルー」

シロちゃんの声がしてそちらを見ると、

「……わぁ……」

とっさに叫ばなかったのが不思議なぐらいだ。黒くて、それなりに大きな生き物みたいな物が太い枝の上に三、四体転がっている。暗いからそれがなんなのかまではよく見えなかったけど、切ってシロちゃんが言ってるから食べられる状態にしろってことなんだろうな。

「しまってもらっていい？　明るくなってからどうにかするよ」

「ワカッター」

シロちゃんの嘴《くちばし》が汚れているみたいなので布で拭いてやり、羽を撫でた。

「シロちゃんもクロちゃんもありがとなー」

礼を言って、俺は今度こそ寝た。

「……オキロー、オトカー、オキロー」

なんか壊れたステレオみたいに「オキロー、オトカー」がくり返されている。うるさいなーと思って目を開けたらなんかよくわからないものが目の前に迫っていた。

え？　って思う。

「オトカー、オキター？」

「あ、うん……」

それはシロちゃんのドアップだったらしい。一瞬俺は何を見ているのかと考えてしまった。

「オトカー、キルー」

「ああ、うん。確かに明るくなってきたなー……」

二羽は寝ないで番をしてくれていたらしい。それはとてもありがたい。ありがたいのだが……。明るくなってきたといってもうっすらというかんじで、見えると言えば見えるってだけで獲物をどうにかできるほどは明るくない。

「シロちゃん、もっと明るくなってから声かけてくれ。これぐらいの暗さだと木から降りれないからさ……」

ふあーあとあくびをして俺はまた倒れた。

次に起きたのは、つつかれながらだった。痛い、痛いです。状態異常にはならないけど怪我《けが》してしまいます。手加減お願いします。

「オトカー、オキロー！」

「……はーい」

食い意地の張ったシロちゃんに起こされました。

それなりに明るくなるまで待っていてくれたみたいだった。そして二羽の足元には卵……。

「シロちゃんクロちゃんありがと。降りてから作業したいから、もう少しだけ待ってて」

毛布も卵もアイテムボックスにしまってから木を降りることにする。……これ、登るのはいいんだけど降りるのがめちゃくちゃ怖いんだよな。猫が登ったはいいけど降りられなくなるとかよくわかる。昨夜もクロちゃんの助けがあったとはいえ、よく登ったもんだ。

「……ちょっとここ、自分で降りるの怖い」

正直に訴えてみた。

「ヘタレー」

シロちゃん、そんな言葉どこで覚えたんだよー。

「オトカー、ギュー？」

「えっ？」

クロちゃんがコキャッと首を傾げた。

ギューっていうとだっこかな。でもだっこ？

「ギューってこれ？」

前からクロちゃんの首の後ろ辺りに腕を回してぎゅっと抱き着いてみた。

「ギュギュー！」

もっとしっかり摑《つか》まれと？　少し力を入れて密着したら、クロちゃんは俺をくっつけたままトテトテと枝を歩き、

「え？　うそ、マジで？」

ぴょんと木の枝から跳んだのだった。

「ちょっ、まっ……!?」

クロちゃんはそのまま羽をバサバサと動かし、ぎこちない動きではあったが風に乗って木の根元まで降りてくれた。ちょっと、いやかなり生きた心地がしなかったです、ハイ。

「あ、ありがと……」

クロちゃんから離れて、座り込んでしまった。どうやら腰が抜けてしまったようである。自力で降りるのと、クロちゃんにくっついて怖い思いをするのとどっちがいいのだろう？

次の機会にはしっかり考えたい。

基本的にニワトリスは木の上で過ごす魔物だから、こういった機会は多いはずだしな。さっそく今夜とかありそう。げんなりしながらどうにかこうにか身体を起こし、シロちゃんが出した昨夜の魔物を見て遠い目をしたくなった。

「でっかい、ネズミ？」

と言いたくなるような生き物だった。体長は尻尾《しっぽ》を含めないで四、五十センチメートルぐらい。まるまると太っている。よっぽど餌がいいんだな。

「じゃあ作業するか」

比較的平らな岩を探し、その上に浄化魔法をかけて作業の準備を整える。鍋にお湯を沸かし、でっかいネズミモドキにかけてから毛を毟《むし》った。一頭は丸ごと二羽が食うらしいので、おなかの辺りの毛をざっと毟ったものを渡しておく。結局四頭も狩ったらしい。

アイテムボックスに入れておいてもらったので新鮮なままだ。できるだけ早く血抜きして近くの川で冷やすことにした。

「……ふー……」

これぐらいの大きさでよかった。イノシシみたいな大きさになるとさすがに解体するのも骨が折れる。俺がもう少しでかくなればイノシシぐらいの生き物の解体も楽になるんだろうけどなー。

二羽はネズミモドキをがつがつ食べている。毛を毟ったものの方がおいしいらしくて、俺が毟ったものを持っていくのだ。狩ったのは二羽だから文句はない。

基本保管と運搬はアイテムボックスで行うから、俺が朝飯を食べ終えたら回収して軽く解体し、それから移動することにした。

でっかいネズミモドキを解体し、内臓を出したらそこになんか小さな石みたいなのがあった。

「え？　これってもしかして魔石とかいうやつ？」

初めて見た。

ってことはこのネズミモドキも魔物だったわけか。まぁ、魔物でもなきゃあんな上まで登ってこないか。

ん？　でも前にも見たことがあったような気がするぞ。

とりあえず石を取り出して浄化魔法をかけ、アイテムボックスにしまった。内臓はシロちゃんとクロちゃんが食べたそうに見ていたから全部あげた。また二羽には浄化魔法をかけないといけないな。一応少し離れて食べてもらうよう伝えた（食べかすなどが飛んでくるのだ）。

昼間はあまり魔物が出ないようなのでとても助かる。それでも遭遇する時は遭遇するんだろうけどさ。

二羽に浄化魔法をかけてからまた北へ向かって歩き始めた。

感知魔法は二羽が常時展開しているらしく、今のところ脅威となる生き物には遭遇していない。

足元に気を付けながら歩いていて、ふと思い出した。

魔物を解体して手に入れた石の件だ。そういえば前に二羽がワイルドボアを倒した時、でかいから村の大人たちに解体してもらったんだよな。その時石みたいなのを見た気がしたけど俺の手元には来ていない。ボア系のでかい魔物を倒したのは一度や二度ではなかった。

あいつら、着服しやがったな〜。

腹が立ったが過ぎたことだ。それよりも怪我をしないように歩くことの方が大事だ。

そういえばさっきは一頭丸々二羽にあげたけど、石はどうしたのだろうか。後で聞いてみようと思いながら、二羽が足を止めるまで一緒に進んだ。

その後、石のことを聞いてみたけどよくわからなかった。今度観察できたらしてみようと思う。

## 4．ニワトリスたちと夜逃げした翌日から十日後

川に沿って北の方角へ進み、約十日が経った。

北とは言っても川に沿ってだから北東に向かっていたかもしれない。ほぼほぼ森の中を歩いていたから方角がわかりづらいのが玉にキズだった。方位磁針なんて便利なものもないしな。

しっかしこの森どんだけ広いんだよ？

村からだと最低でも十一日は歩き続けた計算だ。子どもの足だから何とも言えないけど、一日最低でも六時間ぐらいは歩いていたと思う。おかげで足の裏にまめができた。足の裏にも靴にも浄化魔法はかけていたのと適度に休んでいたから足の裏の皮が剝《む》けるようなことはなかったけど。

まぁ物心ついた時にはずっと森でなんかやってたから、けっこう丈夫なんだろうな。

周りの木はどんどん太くなり、巨木と言ってもいいような大きさのものがたくさん生えている。ここまで立派だと伝説のエルフとか出てきそうでわくわくする。

さて、この十日間だがいろいろあった。

ニワトリスたちが狩ってくれたネズミモドキのおかげで肉は食えていたのだが、二羽はもっと肉が食べたくなったらしい。五日目に二羽は俺が朝飯を作っている間に出かけていき、すんごくでっかいワイルドボアを連れて戻ってきた。

連れて、というか、正確には怒らせたのかなんなのかすんごい勢いで追いかけられてきたのだ。

ドドドドドド……という地響きに似た尋常でない音に「なっ、なんだなんだっ⁉」と周りを見回したら、その音がどんどん近づいてきてシロちゃんとクロちゃんがこちらへ向かって駆けてきた。

「えええええ？」

ニワトリスって走る時あんな音しないよな？　と思ったら後ろになんかでっかいものが見えた。

「オトカー！」

クロちゃんが走りながら嬉しそうに俺の名を呼ぶ。いやー、やっぱうちの子はかわいいなー、じゃなくて。

二羽は俺から少し離れたところを走っていったのだが、いきなり足を止めた。そしてその鱗《うろこ》のある強靱《きょうじん》な尾を追いかけてきたボアに向かってバシーン！　と叩《たた》きつけたのである。

「うわあああ……」

ボアは吹っ飛びはしなかったがその場でたたらを踏んだ。その後も二羽はバシーン！　バシーン！　と尾をボアに叩きつけ、シロちゃんは飛び上がってボアの上に飛び乗り、その首に噛みついた。そしてクロちゃんはその鋭い鉤爪《かぎづめ》でボアの首をかき切ったのだった。

ボアはしばらくジタバタしていたが、やがてその場にバタッと倒れた。そう、生き物ってのはそう簡単には死なないものである。

二羽がうまく誘導して倒してくれなかったら、俺がボアに轢《ひ》かれる運命もあったかもしれない。

そう思ったらゾーッとした。

おそるおそる確認すると、ボアはこと切れているようだった。

ほっとする。

「キルー」

「オトカー」

二羽が機嫌よさそうに俺のところへやってきた。クロちゃんなんて褒めて褒めてと言いたそうである。とてもかわいいはかわいいのだが、シロちゃんは嘴が血まみれだし、クロちゃんは鉤爪も身体も真っ赤だ。首をかき切った時血が飛んだのだろう。

しかし、「キルー」と言われてもこんなでかいボアは俺一人ではどうにもできない。

「シロちゃんもクロちゃんもすごいなー。でもさ……俺じゃこんなでかいの解体できないよ」

そう告げると二羽がショックを受けたような顔をした。羽毛で覆われててもわかるもんなんだな、なんてのん気に考えているヒマはなかった。

シロちゃんが、クエエエエ――――ッッ！　と叫んだかと思うと俺に突撃してきて俺をつつきまくった。

「いてっ、いてっ、痛いっ、痛いってばっ！　こんなでかいの俺だけじゃ無理だってー！　大人とかじゃないと！　いてててっ！」

ここで逃げると更につつかれそうな気がしたから、俺は頭を隠すようにしてシロちゃんが気の済むまでつつかせることにした。

そしたらシロちゃんも無理だと気づいたのか、やがてつつくのをやめてくれた。

あー、痛かった。しかもシロちゃんの嘴は血まみれだったから俺まで血で汚れてしまった。

「とりあえずキレイにしよう……」

二羽に浄化魔法をかけて、でっかいボアを見つめる。これ、ワイルドボアだよな。しかもこれ、今まで見たのより規格外にでかいんだけど？

「これ、アイテムボックスに入れていこうよ。解体できる大人に会えたら手伝ってもらおう。その時は少し肉を分けなきゃいけないかもしれないけどさ」

「……ワカッター」

「オトカー」

ボアはそうしてどうにか俺のアイテムボックスにしまった。

それからも二羽はさほど自重してくれなかった。

小さめのボアを狩ったので、それはたいへんな思いをしながら毛を毟った。いくら熱湯をかけたって毟るのはたいへんなんだぞ。しかも大きければ大きいほど必要な熱湯の量も増えるしさ。

「あー、一瞬で脱毛とかできる魔法があればいいのになー。そうすりゃ解体もけっこう楽になるのに」

もう俺は魔法を覚えられないが、うちのニワトリスがそんな魔法を覚えてくれないだろうか。ってそんな魔法、あるかどうかも知らないけど。

あったらいいなと切実に思ったが、それで俺の髪の毛がなくなったらたいへんなので、まさかな程度で忘れることにした。

それから更に三日後、俺のアイテムボックスの中にはクソでかいボアが四頭も入った状態になっていた。

全部ワイルドボアだな（遠い目）。

ニワトリスたちが狩ってきた獲物は、これらとんでもなくでかいもの以外は死ぬ気で解体したよ。おかげさまでほとんど前に進めていない。

解体もたいへんなんだけど、その前の毛を毟る作業がとにかくつらいのだ。湯が大量に扱えればまだましなんだろうけど、俺用の鍋で沸かした分をかけてどうにか毟るってやり方だから時間はかかるしやってられない。本気で脱毛の魔法かなんかないかなと思ってしまうぐらいだ。

それにしてもなかなか先に進めないというのはストレスもすごい。そりゃあ俺だって森で岩塩を見つけたり胡椒《こしょう》を見つけたりしたさ。おいしい毒草や毒キノコなんかも見つけたよ。森での生活もそれなりに快適ではあった。

でもさぁ、でもさぁ……いいかげん人里を見つけたいじゃん！　そろそろ。

縄とか紐とかいちいち木の皮を剥《は》いだり、植物の繊維だけ取り出したりして作るのはたいへんなんだってばよ（編むだけなら丈夫そうな草を使えばいいんだけどな）。

ってことでニワトリスたちにお願いした。

「どっか、人が住んでる村みたいなところへ行きたいよ〜」

と。

二羽は頭をクンッと持ち上げた。それは任せろと言いたいんだろーか。

二羽は頭を持ち上げたまま、その場でうろうろと歩き始めた。もしかして、俺の言い方が悪かったんだろうかと思い始めた頃、シロちゃんが川の方を見つめ、「コッチー」と言った。

「えっ？」

コッチー、と言われてもそっちは川なんだが……。

川の深さはわからないし、対岸まで六メートルぐらいはありそうだ（少し川幅が拡《ひろ》がっている）。流れもあまり緩やかとは言い難い。川ってやつは舐《な》めると非常に危険なのだ。……しかも俺、実は泳げないし。

「川を渡るのは……危険かな。俺、流されちゃうかもしれないし」

たった六メートル、されど六メートルである。

「ツカマルー」

「オトカー」

シロちゃんには背を向けられ、クロちゃんにはつつかれた。

え？　これってもしかしてシロちゃんにおんぶしてもらえってこと？

「いやいやいやいや……さすがに女の子におぶさるわけにはいかないよ。俺、けっこう重いしさ」

多分。

って木の上から降りる時はクロちゃんにしがみついてるけど。それとこれとは別なのだ。降りるだけと、平行に飛ぶのを考えたら、俺をくっつけて飛ぶのはたいへんだと思う。

「ツカマレー」

「オトカー」

でも二羽は諦めなかった。クロちゃんには更につんつんとつっつかれる。とうとう俺は根負けした。

「わかった！　わかったからもうつっつかないでくれよ～」

ってことでシロちゃんの羽の動きを邪魔しないように身体にへばりつく。後ろから腕を回してくっつくと、

「トブー」

と言われた。そしてシロちゃんは、いきなりドドドドドと音がするぐらいに勢いよく走り始めた。

「え？　えええええ？」

どゆこと？　え？　川を走って渡るのか？　そんな、バカなー！　と思った時、シロちゃんは俺をくっつけたままバサバサと羽を動かして川の手前でぴょんと跳んだ。

そうして川の上をバッサバッサと飛んで渡り、対岸を少しスイーッと飛んでから降りた。

「……あ……ありがと……」

強張《こわば》っていた手を放し、そっと立つ。うん、地面だ。クロちゃんもバッサバッサと羽ばたいて飛んできた。

ニワトリスのおかげで難なく川を越えてしまった。

「シ、シロちゃん、俺、重くなかった……？」

心配になって聞いたけど、「ンー？」だって。コキャッと首を傾げられてしまった。うん、かわいい。クロちゃんも側で同じ方向にコキャッと首を傾げている。ダブルでかわいい！

ってそうじゃないだろ、俺。

「改めてありがとね！　じゃ、じゃあ行こうかー……」

気を取り直して、シロちゃんが「コッチー」と言った方向へ進むことにした。

その日の夜はいつも通り大きな木の上で休むことにした。

シロちゃんの言うことが本当なら人里が近いせいなのか、毒草や毒キノコが少なくなってきているように感じられた。それでもおいしいのが採れるから文句はない。

「明日は人に会えるといいんだけどな……」

普通の村ならいいが、なんかの隠れ里だったりすると厄介かもしれないとは思う。こっちの世界にそういった隠れ里があるかどうかはわからないんだけどさ。って、住んでいた村と隣村以外の世界を知らない十歳の男子が知ってるわけがないよな。

シロちゃんとクロちゃんが狩ってきた獲物や二羽が産んでくれる卵、そして森の中にふんだんに生えている毒草や他の食べられる草や実のおかげで食料事情はすこぶるいい。

ただ、シロちゃんからすると前に狩ってきたワイルドボアが気になっているようだが……。

「誰かに解体を頼むってなると、少しは分けないといけないぞ。それでもいいか？」

と改めて確認したらショックを受けたような顔をされた。前にも聞いたと思うんだけどなぁ。

「オトカー、キルー」

シロちゃんがいやいやをするように身体を揺すって言った。

「……でかすぎて無理なんだって。毛も毟った方がいいんだろ？」

「ムシルー」

「それがまずたいへんなんだってー」

そのままでも食べられないわけではないが、毛を毟った方がおいしいと二羽は学んでしまったらしい。どうしても毛を毟らせたいみたいだ。困ったものである（全部毟るわけじゃなくて、おなかの部分の毛がないといいみたいだ）。でも解体した肉をあげたらそっちの方がおいしいと学んでしまったみたいで……ああ厄介だ。

脱毛魔法、誰か持ってないかな。そもそもそんな魔法があるかどうかさえ知らないんだが（大事なことなので何度でも言う）。

明日は人里に着けるといいな。そんなことを思いながら寝た。

## 5．ニワトリスたちの感知能力と人里

翌日も二羽に先導を頼んで歩いていくと、獣道のようなものを見つけた。

「シロちゃん、クロちゃん、ちょっと止まって」

二羽は何事かと振り向き、歩みを止めた。

「あっちの道ってさ、人が使ってるかどうかってわかる？」

「チガウー」

シロちゃんは即答した。

「じゃあ魔物とか？」

「カモー」

人でないことは確からしい。確かにその道の方を見るとところどころ毛のようなものが落ちているのがわかる。地面も踏み固められたかんじではないから、靴を履いた人が歩いたものではないんだろう。こういう観察力とかはまだまだだなと反省する。

「そっかー。でもこっちの方向に行けば人が住んでそうなんだよな？」

二羽は頭を頷くように前に動かした。

どういう能力でそれを感知しているのかはわからないが、俺にはさっぱりわからないので付いていくしかない。

ニワトリスには感知魔法があるけど、それがそんな広範囲までカバーするものかどうかも知らないし。

しかしだんだんと森の木々の太さとか、高さとかが明らかに変わってきた。何故《なぜ》か木々が細く、低くなってきたのだ。植生が変わってきているせいか魔物を見かけることも少なくなってきている。

これは人里が近いことを窺《うかが》わせた。

昼に魔物を二羽が狩り、それを捌《さば》いて食わせたりしている間に日が落ちてきた。今日もあまり先に進めなかったなと思ったのだけど、シロちゃんが先に飛んでいった木の上に俺も登った時、西の方向に明かりのようなものが見えた。

今までは全然あんなもの見えなかったのに、と目を凝らす。

「なぁシロちゃん、あれってもしかして……人が住んでるのかな？」

「カモー」

シロちゃんがそう答えてくれて、俺は笑んだ。

でも、悪い人が隠れて住んでいる可能性とか、もしかしたら人型の魔物の里っていう可能性もゼロじゃないから気を引き締めなければいけない（人型の魔物がいるかどうかも知らない）。それでも久しぶりの自分以外が灯《とも》した明かりを見て、泣きそうになってしまったのは確かだった（二羽のことは信頼している。たぶん魔物ではないのだろう）。

そうして翌朝そちらの方向へ二羽に案内してもらったら、いきなり森が途切れた。

「う、わぁ……」

森からすごく近いところ（約三十メートルぐらい）に柵があり、その中には木造の家が何軒か立っているのが柵の隙間から見えた。

それを確認した途端、クロちゃんが俺の服を噛んで引っ張った。

「えっ？」

「何者だ!?」

柵の上の方、櫓《やぐら》から警戒するような男性の怒鳴り声がした。顔が覗《のぞ》く。ひげ面のおじさんがその手に弓を持っているのが見えて、シロちゃんとクロちゃんを下がらせた。二羽は前に出ようとしたが俺は手で制した。うちのニワトリスが怪我をするとは思えなかったが、攻撃されたくなかったのだ。

「み、道に迷って南の方から来ました！　この子たちは僕が小さい頃から飼っているニワトリスです。どうか、道を教えていただけませんか！」

ここ数日、人里を見つけたら言おうと思っていたことをどうにか言うことができたと思う。敵対されるようならニワトリスたちと森の中に戻るけど、どうだろうか。

「こ、子ども、か……？」

おじさんは戸惑っているみたいだった。

俺が子どもだからって弓を下ろそうとするなんて、人がいいのかもしれない。

「はい、十歳です！」

元気に自分が子どもだとアピールしてみる。

「ちょっと待ってろ！」

そのおじさんでは俺をどうするのか判断できなかったらしく、一度その姿を引っ込めた。俺は二羽と顔を見合わせた。

なんというか、無防備だなという印象である。

近くに毒草が生えていたのでこっそり二羽と共に摘まみながら待っていたら、また櫓の上から声がかかった。

「そのニワトリスたちは人に危害は加えないか!?」

「僕を攻撃しなければ大丈夫です！」

「じゃあ入れ！」

櫓から少し離れたところにある木の門の方へ行くよう指示された。俺が子どもだからなんだろうけど、警戒心が足りないのではないかとちょっと心配になってしまった。

門の方へ移動すると、

「ニワトリスは置いてこれるか？」

と聞かれた。

それを先に聞いてほしかった。

「ニワトリスは僕の家族です。一緒に入れないなら、どっちへ行けば人が住むところへ出れるのかだけ教えてください。そちらへ向かいます」

「そ、そういうことならしょうがない……ニワトリスも一緒に入れ。いいか、絶対に俺たちに攻撃させるんじゃないぞ！」

「はい。シロちゃん、クロちゃん、絶対にここの人たちをつついたりしちゃだめだからね」

うちの子たちは頭がいいからいちいち言わなくてもわかるだろうけど、一応言っておく。二羽はなんとなく不満そうだったけど、首を前に動かすようにして頷いてくれた。

ギイ……と木の門が少しだけ開けられた。俺は二羽を促して、ようやく人里へ足を踏み入れたのだった。

しかし入れたからといってそれで終わりではない。シロちゃんが俺の前に陣取り、クロちゃんは俺に寄り添った。もうなんていうかすっごくかわいいけど表情を崩してはならない。俺はにやけそうになる顔をキリッとした状態に保つのがやっとだった。

「ようこそ、ニシ村へ」

ひげ面のおじさんと、他の村の衆と思《おぼ》しき人たちの後ろから、つるっぱげのおじいさんが顔を覗かせた。

「こんにちは。僕はオトカと言います。こっちはニワトリスのシロちゃんとクロちゃんです。どうぞよろしくお願いします」

俺はおじいさんに向かって深々と頭を下げた。第一印象ってのは大事だからな。おじいさんの風体が如何《いか》に怪しく見えようとも。

なんか、どうも顔に違和感があるんだよな。なんでだろうか。

「……おお……少年は南の方からやってきたと言うが……どこの村の出身かな？」

「ナカ村です」

「はて……聞いたことがないのぅ」

聞いたことはないだろうなと思う。何せ魔物が活動している『帰らずの森』を半ば横断してきたのだから。

「僕も、ニシ村という名前は聞いたことがないので……」

「お互い様か。道に迷ったということは疲れただろう。白湯《さゆ》でも飲むがいい」

「ありがとうございます」

そして俺は、ニワトリスと共に大きな建物（たぶん集会所みたいなところ）に案内された。

建物に足を踏み入れて、俺は目を見張った。

なんというか……言っちゃなんだが髪がない人の率が高いのである。おじいさんを見た時覚えた違和感にようやく気づいた。

髪がない人たちはどういうわけか眉毛までない。そして髪がないのは男性のみのようだ。なんでだろう。

「疲れたでしょう。お飲みなさい」

おばさんから白湯をもらってほっと一息つけた。

「ありがとうございます。図々《ずうずう》しいことはわかっているのですが、この子たちにも水をいただけませんか？」

川から離れてしまったので、ここのところ草や樹液などが主な水分だったのだ。シロちゃんとクロちゃんには苦労をかけたと思う。その分解体とかはがんばったけど。……でも毛を毟る作業がとにかくたいへんだったことは絶対忘れないだろうな。なにせ水がないからお湯もあんまり沸かせないし、ただひたすらに手でぶちぶち毟るとかいったいなんの拷問なんだよ……。だからって解体用のナイフで皮をそのまま剝ごうとしたってうまくいかないしさー。あ、思い出したら泣けてきた。

おばさんは戸惑うような顔をしたが、すぐに浅めのお皿に水を入れて持ってきてくれた。

「ありがとうございます。ほら、シロちゃん、クロちゃん飲みな」

白湯を啜《すす》る。別に何かの味がするわけではないから毒などは入っていないことが確認できた。入ってても大丈夫なんだけど、毒の有無でここの人たちが俺たちに敵対意識を向けているかどうかがすぐにわかる。二羽も普通に飲んでいるからただの水をもらったのだろう。よかったよかった。

それにしてもまず髪がない人たちが多いことに驚いたのだが、痩せている人が多い気がする。やはり北にある村だから作物はあまり育たないんだろうか。

しかも髪のない人たちがやたらじろじろと見てくるんだよな。そんなによそ者が珍しいのか、それともやっぱり何かあるんだろうか。

「キルー」

「オトカー」

二羽は水を飲むと、そう俺に声をかけた。

「……しゃべった……」

「やはり魔物なのか……」

周囲からそんな声が届いたが、俺は気にしないことにした。それよりも、「キルー」ってシロちゃんたらもう。

「うーん、頼むことはできると思うけど、きっと半分ぐらい分けないとだめだと思うよ」

大人がいるからでかいワイルドボアの解体も頼めばやってくれるとは思うが、ここはあまり食料事情がよくなさそうだからお礼に肉を半分ぐらいは分けないといけない気がする。解体ってけっこう重労働だしな。

二羽はショックを受けたような顔をし、

「ヤダー」

と言った。

「じゃあ諦めよう。もう少し大きな町へ行ったら解体できるかもしれないしさ。なっ？」

「エー」

「エー」

そんな不満そうな声を出されても困る。だいたい、何かしてもらったら礼をするのは当たり前だし。

俺は一応冒険者になるつもりで夜逃げしてきているから、どこかの町でどうにかして冒険者登録をすれば解体とかしてもらえる場所についても教えてもらえると思う。それは雑貨屋のばあちゃんが言っていたし、村の大人たちもそんなような話をしてくれた。

冒険者になるのには冒険者ギルドに行かないといけないいんだけど……この村には残念ながらなさそうなんだよな。

「……解体って、そのニワトリスが獲《と》った獲物でもあるのか？」

先ほど櫓の上から声をかけてきたひげ面のおじさんに、そう声をかけられた。この人は頭髪ももじゃもじゃだ。

「あ、はい。この子たちが獲ってきたんですけど、解体したのを食べたいみたいで。でもかなりでかいから僕ではどうしても解体できないんです。こちらで頼めれば助かりますけど、お肉を分けないといけませんよね。それは嫌だって言うので……」

俺はすまなそうに肩を竦《すく》めた。おじさんは不思議そうな顔をした。

「かなりでかい獲物ってどこにあるんだ？　森の中か？」

「あ、いえ……その……ニワトリスたちが……」

「うん？　もしかしてニワトリスっつーのはマジックバッグみたいなのを持ってるのか？」

「なんだか備わっているみたいです」

アイテムボックスじゃなくて、そういう四次元○ケット的なものは存在しているらしい。マジックバッグという名称みたいだ。覚えておこう。

それと、やっぱりニワトリスがアイテムボックス持ちってことは知らないみたいだ。うちの村でも誰も知らなかったしな。って、魔物だからまず一緒に暮らすって考え自体ないか。小さくておとなしめの魔物なら違うんだろうけど。

「へー……そいつは便利だな。つってもニワトリスじゃ手懐《てなず》けられねえしなぁ……」

おじさんは頭を掻《か》いた。手懐けたとしてもつつかれたらアウトだもんな。俺みたいに状態異常無効化が常時展開してるなら別だけど。

「そうか。じゃあニワトリスのマジックバッグには獲物がそれなりに入ってるんだな？」

「そうなんです。僕が解体できるのは解体したんですけど、大きいのはさすがに……」

「ボウズも難儀だな。おい、じいさん。どうする？」

「そうじゃのう……確かに肉を少しでも分けてもらえればありがたいが……ニワトリスは魔物じゃし、いっそのことアレの対処を頼んでみたらどうだ？」

おじさんとおじいさんが何やら話し始めた。あれ？　これってなんか……なんかないか？

やっぱり何か事情がありそうだ。

「アレ、かよ……。いくらなんでもアレはまずいんじゃねえか？」

「話だけでも聞いてもらったらどうかな？」

あ、なんか嫌な予感がする。ここにいたらよくないことに巻き込まれそうな気配を察して、俺は立ち上がろうとした。

が、両肩に手を置かれて押さえられてしまった。シロちゃんとクロちゃんがとっさにおじさんをつつこうとするのを止める。

「だめっ！　僕は大丈夫！」

ここで二羽がおじさんをつついたりしたらたいへんだ。俺が手を広げて腕を伸ばしたことで、二羽はどうにか止まった。

危ない危ない。

「ほー。ボウズの言うことはよく聞くんだな」

おじさんが感心したように言う。そんなのん気でいないでほしい。こっちだってひやひやなのだ。

「シロちゃん、クロちゃん、僕は大丈夫だからね？　絶対につついたりとかしちゃだめだよ？」

「エー」

「エー」

不満らしい。これはもう手を放してもらうしかないだろう。

俺はため息をついた。

「……わかりましたから手を放してください。でも話を聞くだけですよ？　聞いたら解体、手伝ってくださいね？」

「ああ、聞いてくれるだけでも十分だ！」

おじさんが肩から手を放してくれてほっとする。シロちゃんは隣にもふっと座って俺にぴとっとくっついた。クロちゃんは俺の膝の上にもっふりと収まった。

これなら確かに誰も俺には触れないだろう。うん、うちの子たちはとてもかわいい。二羽の羽を撫でさせてもらう。

村の人たちからするとどうも藁《わら》にもすがる思いだったらしく、落ち着いた俺に対してみな口々に話し始めた。

うちのニワトリスたちはかわいいだけでなく癒やし効果も抜群で、そのおかげでどうにか村の人たちの話を聞くことができた（一斉に話されてたいへんだった。俺は聖徳太子じゃないんだよー）。

話をまとめるとこういうことだった。

つい半月ほど前、森から青い毛並みのタイガーに似た魔物が現れたという。

その魔物はうちのニワトリスのように片言ではなく、とても流暢《りゅうちょう》に話すことができたらしい。

仮にその魔物を青虎《せいこ》と呼ぶことにしよう。というのもその魔物の名前というかそのものの名称を知らないからだ。

青虎は怯《おび》える村人にこう話しかけた。

「そなた、我の名を知らぬか？」

と。

村人は青ざめながら、「知りません」と答えた。その途端、一瞬で全身の毛がなくなってしまった。

「我の名を知る者を連れてまいれ。そうでなければ貴様らを食ろうてしまうぞ！」

青虎はそう言って村人を脅し、それから毎晩必ず一人に名前を聞くようになったという。

ええー、と思った。

未《いま》だに青虎の名前はわからず、全身の毛がなくなってしまった者は十四人を数えた。

今は男だけだが、そのうち村人全員の毛がなくなってしまうかもしれないと村人たちは危機感を募らせていたらしい。

そこに俺がニワトリスたちと一緒に現れたのである。

一般的に魔物と話はできないが（口が利ける魔物はそれほどいないと思われている）、魔物であるニワトリスたちを従えている俺であれば、ニワトリスに命じて青虎の名を聞き出してくれるのではないかと考えたみたいだ。

青い虎、青い虎ねぇ……。

クロちゃんをもふもふしながら考える。

うちの子たちが青虎に向き合うと決めたとしても俺は反対だ。

しかし全身の毛がなくなるということはいったいどういう魔法なのだろう。もし対峙《たいじ》してそんな魔法をニワトリスたちに使われたりしたらとても冷静ではいられない。

「……話はわかりましたけど、それだけではとても……。あのぅ、今までにその魔物を見かけたことはあったんでしょうか？」

正直期待されても困るのだけど、青い虎というのが記憶の隅に引っかかった。

「いや、ない」

「見たことは、ねえな」

大人たちが口々に否定する。

彼らの言が正しければ、その青虎は半月ほど前に突如現れたことになる。

青虎の様子や言っていたことなどを、直接話した人から集めることにした。

曰《いわ》く、青虎は落ち着かない様子だった。いらだっているようだった。「ここはどこか？」と何度も聞いた。ニシ村だと答えたが、「そんな村は知らん」と言う。それからこちらが全然知らない名前だか地名のようなものをいくつも言った。村人が知らないと答えるとひどくうろたえた様子だったという。

「うーん……」

クロちゃんをぎゅうぎゅう抱きしめて考える。そんなクロちゃんはご機嫌なようで少し身体を揺らしている。ああもうかわいい。

虎、と言われると白虎《びゃっこ》とか、『山月記』の虎を思い出す。青虎だから白ではないし、『山月記』の虎は普通に黄色っぽい毛並みだったはずだ。

青い虎なんて聞いたことがないと思った時、かすかに浮かんできた。

俺はラノベが好きで元の世界では読《よ》み漁《あさ》っていた。それらを読みながら知らないことがあると調べたりもしていた。本の最後に参考文献などが載っていたこともあり、それを元にラノベ以外の本も読んでいた。その中で『山海経《せんがいきょう》』という文献の名が出てきたので調べてみたことがあった。『山海経』は中国の戦国時代から前漢の時代にかけて中国古代の神話や地理をまとめた書と言われている。作者はわからないらしい。

その中の『海外北経』という章に、「北海内有獣~有青獣焉、状如虎、名曰羅羅」(北海内に獣がいる~青い獣あり、虎のような姿をしており、名は羅羅という)という件《くだり》があった。

けれどそれがどんな性質を持った獣なのかは知らない。

そして、この辺りに出た魔物がその羅羅《ルオルオ》なのかも不明だ。

とりあえず青虎によって毛がなくなった人たちを、俺のところへ連れてきてもらった。

話を聞きながらこっそり彼らに鑑定魔法をかけると、(状態)脱毛、と出てきた。

え? 脱毛って状態異常魔法なワケ?

思わず声が出そうになった。じゃあ俺が触ったら毛が生えたりするのかな。

眉毛もなくなっているおじいさんに、本当に毛がないのかどうか確認したいと、子ども特有の好奇心を湛《たた》えた目で伝えてみた。

「もしかして、腕の毛とかもないんですか?」

「ああ、全てなくなってしもうた」

「おじいさんは何日ぐらい前にその魔物と話したんですか?」

「そうさのぅ……十日ぐらい前かのう」

「へぇ～」

無邪気さを装って出された腕に触れる。そしてまた鑑定魔法をかけると、(状態) 正常となった。でも毛がないのは変わらない。

一度抜かれた毛は戻らないが、状態が脱毛ではなくなったからまたいずれ生えてくるということなのだろう。でも、ということは状態が脱毛のままだったらこの先全く毛が生えないということになっていたのだろうか。考えただけで恐ろしい。俺は身震いした。

そうして彼らから聞き出した情報を総合すると、名前は二回まで言っていいらしい。それで間違うと毛がなくなってしまうそうだ。

とりあえず気になったことは全部聞いてみることにした。

「あのぅ……毛がない人をまた会わせたりはしなかったんですか?」

「試しに帽子を被《かぶ》らせて行かせたのだが、帽子を取るように言われてしまってな……」

言われた通りに帽子を取ったら「次は命がないぞ!」と叫ばれたのだそうだ。

ってことは、青虎は鑑定魔法が使えたりはしないのだろう。

名前を言って、考えるようなそぶりを見せた名前はなかったかも聞いてみる。

「いや……」

「特には……」

「あ、でも……確か……」

毛がない人たちが顔を見合わせて話し合う。その中に心当たりのある人がいたみたいだ。

「ルーイ、という名前を言ったら、あのタイガー、一瞬動きが止まったんだ。でもすぐに外れだと言われたんだよな……」

「ルーイ、ですかぁ……」

俺にくっついているシロちゃんと膝でもっふりしているクロちゃんは退屈だったらしく、今は船を漕《こ》いでいる。こっくりこっくりと頭が揺れているのがたまらない。

うん、かわいくて何よりだ。

こんなにかわいいうちのニワトリスたちを、そんなとんでもない青虎と対峙させたくはない。

改めて考えてみよう。

俺はこっちの世界の虎の魔物については全く知らない。こちらの世界特有の魔物だったらお手上げだ。

では前世の記憶からならばどうか。

まず虎の魔物として俺の頭に浮かんだのは、『山月記』の李徴《りちょう》だった。

でもあれは中島敦《なかじまあつし》の創作で、って。元は中国の人虎伝という話があったはずだ。となると李徴の可能性がないではない。でも李徴だとすると姿は黄色い虎だし、人も生き物も全て捕らえて食べてしまうはずだ。人食い虎であるのならば、倒さないとまずい。

だけどここ半月、己の名を聞いて間違っていたら全身の毛をなくすだけで、誰も食べられたりはしていないという。この村で行方不明になった人もいないそうだ。

ということは、李徴である可能性は低い。

かといって『山海経』に記載のある羅羅も青い虎というだけで、それ以外の共通点はない。

だったらどうするか。

最悪倒してしまってもいいのだろうが、流暢に話すということと脱毛魔法が気になる。

とりあえず話を聞いたらという約束だったので、でかいボアを一頭解体してもらうことにした。ニワトリスたちに交渉して、少しなら村人たちに分けてもいいと許可をもらった。全く、飼い主は俺なんだけどなぁ。

でも狩ったのはシロちゃんとクロちゃんだしな。

それよりも俺がアイテムボックスから、自分の目の前にワイルドボアを出してしまったことの方が問題だった。

……しばらく人に会ってなかったからこれが普通じゃないってことを忘れてたんだよ（村では誰にもなんも言われなかったし）。

「ボ、ボウズ、今どっから出した……?」

ひげ面のおじさんが目を剝いた。あ、やべと思った。

「……や、やだなぁ。ニワトリスにそういう能力があるって言ったじゃないですかー」

間違ったことは言ってない。

「うん？　今のはニワトリスが出したのか……？」

おじさんはいぶかしげな顔をした。

「オトカー」

「オトカー」

シロちゃんとクロちゃんにお前が出したんだろとツッコまれたが、「そういう能力あるじゃん！」と言ってごまかした。シロちゃんにはつんつんつつかれて、クロちゃんにはプイッとされてしまった。ショックがでかい。

「クロちゃあん……」

でもすぐにすりっとしてくれたからたまらなかった。あざと女子、かわいすぎる。

さて、そんなちょっとしたやりとりはあったが、ワイルドボアの解体は無事にしてもらえた。俺と村の中で浄化魔法を使える人たちががんばったおかげか、みなあまり汚れず解体も楽に済んだと喜ばれてしまった。

「浄化魔法って、こういう時に使ってもいいのね。でもあんまり使うと疲れてしまうわ。貴方《あなた》は疲れないの？」

と村のおばさんに聞かれてしまった。

……そういえば魔法を使って疲れたことってないな。

「そんなに使ったことがないのでわかりません」

と無難に答えておいた。もしかしたら俺の魔力量って多いのか？　でもうちのニワトリスたちは魔法とか普通に使ってるしなー。

って、魔物と比べちゃいけないかー。うちの子たちは俺にくっついてると魔物ってかんじは全くしないけど。

それにしてもやっぱり毛を毟る作業が苦行すぎる。どうにかならないもんか。

青虎の対策として、毟ったボアの毛を集めてもらい簡単なかつらのようなものを作ってもらった。衛生面に関していうと浄化魔法をかけているから問題ない。

ボアの毛はゴワゴワしているけど、どうにかかつらモドキが五つはできた。多分もっと作れただろうけど、これで当座しのいでもらえたらと思ったのだ。

え？　俺とニワトリスが青虎に対峙するんじゃないかって？

そんなこと絶対にしたくない。おそらく「ル」が付く名前がキーワードな気がするから、「ル」の付く名前を考えようという話になった。

もし、だけど……青虎が俺の知っている青虎だったら羅羅《ルオルオ》という名前のはずだ。

でも突然現れたと言ったって、俺みたいに異世界転生とか、異世界転移とかそんな都合のいい話はないと思う。

流暢に話せるというから会話はできるんだろうけど、その性情はわからない。名前がわかった途端襲われてしまうかもしれない。でもまずは名前を突き止めなければ話にならないのだ。

そんなこんなで解体したワイルドボアの肉を一部村の人たちに分けた。ニワトリスたちには内臓を全部あげる。村人たちは、

「内臓を食べるのか……」

と嫌そうな顔をしていた。俺は食べたことがなかったけど、どうやら魔物の内臓には毒が含まれているらしい。ただしその肉は美味なので、下手《へた》に内臓を損傷させて倒したりしていなければおいしくいただけるという。

……ってことは内臓もうまいのかな。

ちら、と内臓をおいしそうに食べているシロちゃんとクロちゃんを窺ったら、シロちゃんにギンッ！　とすごい目で睨《にら》まれてしまった。

大丈夫、取ったりしないって。

思わず苦笑してしまった。取ったりしたら思いっきり蹴られそうだ。食い物の恨みは怖いんである。

でもいつか味見ぐらいはさせてもらえないかなとは思う。当然火を入れてからだけどさ。

村人たちは俺たちにとても感謝して、ワイルドボアの肉を焼き始めた。俺も一緒にと言われたので遠慮なく参加させてもらう。

いやあ、ワイルドボアの肉なんて久しぶりだなぁ。

ワイルドボアって単純にボアのでっかい版だともっと小さい頃は思ってたんだけど、そうじゃないみたいだ。ワイルドボアの肉の方がうまいんだよな。

そんな風に飲めや歌えで楽しく過ごしていたら、

「貴様ら、何がそんなに楽しいのだ!?」

と、低くてとても大きな声が聞こえた。

「ひ、ひぃいいい〜〜〜!」

「お許しを！　お許しを！」

髪のない人たちが我先にとボアのかつらもどきを被った。

ってまだ夜も遅い時間じゃないのにもう出てくるとかなんなワケ？　しかもわざわざ村内にとか。

ニワトリスたちは変わらずマイペースに内臓をつついている。ってことは、うちの子たちにとっては脅威ではないのかな？

なんて、先ほどまで噂《うわさ》をしていた青虎がのっそりのっそりと近づいてくるのを見ながら思った。

うわあ、けっこうでかいなぁ（現実逃避中）。

「我の名を答えよ！」

青虎は俺たちから一定の距離を保って立ち止まると、低い声で叫んだ。

みな震え上がっている。

でもなんか俺には、その青虎がとても困っているように見えた。なんつーか、まるで迷子みたい

に見えたのだ。

確か、質問はしてもかまわないんだよな？

俺が一歩前に出ようとしたら、クロちゃんに嘴で服を引っ張られた。

「だめなの？」

クロちゃんがぐいぐい俺を引っ張る。

「わかったわかったって。服破けちゃうよ～」

汚れに関しては浄化魔法でどうにかなるけど破けるのは勘弁だ。

「……お、お名前は……ルービックです！」

ボアのかつらを被った人がどうにか叫んだ。すでに毛がないから更になくなることはないとはいえ、すごい勇気だなと思った。

「違う！」

「で、では……ルマンドで！」

「全然違う！」

ルービックってルービックキューブのことかなとか、ルマンドってお菓子の名前かな、おいしそうだなとか思っていたらかつらが吹っ飛んだ。

「っ!?　貴様、我を愚弄するかっ!?」

やはり青虎はその人の頭髪がかつらだとは思っていなかったらしい。青虎がその人に向かって飛びかかろうとしたのでまずいと思った。

「とりあえずっと……」

俺は鳥を狩る時などに使っている、紐の両端に石を括《くく》り付《つ》けたボーラみたいなものを取り出し、急いで青虎の足元に向かって投げた。

「ぬっ!?」

一つ目は外したけど、二つ目、三つ目と素早く投げたら青虎の足に絡みついて転がすことができた。ダーンとでかい音がする。ふぅ、危ない。

「貴様ぁっ、やや子じゃからと大目に見ればっ！」

「えええええ～……」

やや子って赤ん坊とか幼子って意味じゃないか？　俺そんなに小さく見えるのかな？

内心ちょっと落ち込んだ。シロちゃんとクロちゃんがバッと駆けつけて青虎をつつく。

「あっ、こらっ、やめろっ、や……め……き、さま、らぁ……」

ニワトリスのつつき恐るべし。あんなでっかい青虎も麻痺《まひ》させるのか。確かに強いと言われるだけあるよな。

俺はおそるおそる青虎に近づいた。

「自分の名前を知らないからって人の毛を刈るのはやりすぎだよ。もう毛を刈らないって約束してくれるなら解除するから」

青虎は口はうまく聞けないみたいだけど、前足は少し動くみたいだった。麻痺はするけど、程度ってものがあるのかな。麻痺した相手の魔力量とかが関係してるのかもしれない。

「名前はわからないかもしれないけど、貴方の事情を教えてよ。もしかしたら力になれるかもしれないじゃないか」

青虎はかすかに頷いたように見えた。

その目を見て、もう大丈夫だと思った。

そっと青虎に触れて状態異常を解除する。ついでに足に絡みついたボーラも外した。村の人たちが震えているのが見えたが、まずはこの青虎の信頼を勝ち取ることが先だ。

青虎はバッと立ち上がるとぶるぶるっと身を震わせた。シロちゃんとクロちゃんが俺に寄り添う。

「たぶんもう大丈夫だと思う。ところでなんだけど、ワイルドボアの脱毛ってできる？」

俺は真面目な顔をして青虎に聞いてみた。

青虎は何言ってんだ？　というような顔をした。

「……は？」

「脱毛するような魔法が使えるみたいだよね？　獲物の毛を全部一瞬で抜けたら捌きやすいなと思ったんだけど、どうかな？　一緒に食べない？」

青虎は目を白黒させた。こちらの言っていることが理解できないという体《てい》だが、ちょうどその時青虎のおなかの辺りからぐぐーっと音がした。

もしかして、この青虎は肉を焼いている匂いにつられて出てきたのかな？

「……我にも分けてくれるのか？」

一応話はわかってくれたみたいだ。ニワトリスたちを見る。

「シロちゃん、クロちゃん、あと二頭ワイルドボアが残ってるだろ？　脱毛してもらってさ、少し分けてあげようよ」

「エー」

「エー」

「毛を毟るのってホント重労働なんだよ？　毛が毟れたら、もしかしたら僕一人でも解体できたかもしれないのに……」

「キルー」

「オトカー」

「分けてあげてもいい？」

「チョコットー」

「チョビットー」

どこでそんな言葉覚えたんだよー。

というわけで村の人たちには一応どうにかなったという話をし、広場みたいなところを借りて二頭のワイルドボアをアイテムボックスから出した（今度はクロちゃんに頼んで出してもらうようなフリをした）。

　ワイルドボアの額には大きな角がある。

　青虎は目を丸くした。

「……やはり、ここは違うのか……」

「これ、脱毛できる？」

「造作もない」

　青虎はそう言うと一瞬で、ワイルドボア二頭に魔法をかけた。その体毛が一瞬にして消える。

「おおー！」

「おおお!!」

　俺だけでなく村人たちも感嘆の声を上げる。

「オー？」

「オトカー？」

　シロちゃんとクロちゃんはイマイチ、ピンときていないらしくてコキャッと首を傾げた。かわいいなぁもう。

「ありがとう〜。これで解体が楽になるよー。ちょっと待ってて〜」

　村の人たちにはさすがに新たな二頭の分は分けてあげられないけど、毟らなきゃいけない毛がないだけでも楽なので、みんな快く手伝ってくれた。

「いやー、毛がないだけでも楽だなー」

「毟るのがたいへんなのよねー」

みな同意する。脱毛魔法が使えすぎてやヴぁい。青虎に聞いてみた。

「そういえば、内臓って食べる？」

「ああ、もらえるならもらいたい」

二羽にまた聞いたら「チョコットー」「チョビットー」という返答だった。不満は不満らしい。

つーんてしちゃうシロちゃんがかわいい。でも分けてくれるというんだから優しいよなー。

「シロちゃん、クロちゃん、ありがとう～」

ニワトリスたちにしっかり礼を言って内臓を少し青虎に分けた。青虎はとてもおいしそうにワイルドボアの内臓を食べた。

やっぱ青虎は魔物のたぐいなんだろうなと再認識した。そうじゃなければ毒があると言われている内臓を食べてピンピンしてるわけがないし。

「魔物の内臓って食べても平気なの？」

「うん？　うまいがどうかしたか？」

しゃべるって時点で普通の動物じゃあないけど。

もちろんワイルドボアの肉も分けた。

「うまいのぅ……して、そなたは本当に我の名を知らぬのか？」

ズッコケそうになった。自分の名を知っている者がいないか、やっぱり気になるらしい。

「うーん……間違ってても脱毛の魔法をかけないと約束してくれるなら、心当たりがある名前を言うよ？」

「約束しよう。……そこなニワトリに似た魔物たちが恐ろしいのでな」

青虎は茶化《ちゃか》すように言った。腹がいっぱいになったせいか随分と機嫌はよさそうである。

ニワトリに似た魔物、という言葉を聞いて俺は軽く頷いた。青虎はやっぱりこの世界の存在ではないのかもしれない。

二羽がじーっと青虎を見ていた。

村人たちも俺たちの様子を少し離れたところから見守っている。

「その前に教えてほしいんだけど……毛って元に戻せるの？」

「いや、我に戻せはせぬな」

毛を刈られてしまった村人たちがくずおれた。「そ、そんな……」「大事な髪がぁ……」と絶望したような声が届く。一応後で脱毛の状態異常だけ解いておこう。そうすればいずれまた生えてくるだろうし……。

「……人の毛はすぐに生えては来ぬのか？」

かえって不思議そうに聞かれてしまった。

「えええええ？」

詳しく聞いたら、元々青虎は海の側に住んでいて海の魚などを主に食べて暮らしていたのだそうだ。海に入れば毛が濡《ぬ》れる。毛が濡れたままでいると冷えて病気になってしまうから自分に脱毛魔法をかけて濡れた毛を取り除いていたらしい。そして毛は遅くとも翌日には生えそろっていたというのだ。

つまりこの青虎にとって、脱毛魔法はそんなに深刻な魔法ではなかったのだ。

むしろ身体を冷やさない為に必要な魔法だったわけで。

「そんなスピードで生えるワケないじゃん……」

「それは悪いことをした。おそらく、戻す魔法などもあるのではないかと思うが……」

「無責任だなぁ」

そういうのはとても困る。青虎は申し訳なさそうに大きな身体を縮めた。

あれ？　なんかこれはこれでかわいい、かも？

「名前だっけ」

「うむ。間違っていてもかまわぬぞ」

えらそうだなぁと笑った。

「うーんと……合ってるかどうかはわからないんだけど、僕の心当たりのある名前はね――羅羅《ルオルオ》、かな」

間違ってたらごめん、って思ったけど、青虎は目を見開いて、次の瞬間にはダバァッと滝のような涙を流した。

「うぉっ!?」

どうやら青虎は俺が知っている魔物というか生き物で間違いなかったらしい。

ってことは青虎は異世界転移？　してきたんだろうか。でも『山海経』自体が創作だろうし、なんともいえないかな。

青虎はしばらく泣いていたが、やがて泣き止《なや》んだ。青虎の足下には水たまりができてしまったほどだった。こんなに涙を流して脱水症状にならないのか？　と心配してしまった。

「そなた、名をなんという？」

「え？　オトカだけど？」

「……そうか、オトカか。ではこれより我、羅羅はオトカを我が主《あるじ》と認めよう。そこな魔物たちもよろしく頼む」

青虎は俺とニワトリスたちに向かって、深々と頭を下げた。

「……え？　ええええ〜〜〜!?」

なんだか知らないけど、青虎、もとい羅羅が仲間になった。

## 6．ニワトリスが舎弟を得て胃が痛くなる俺

村人たちの状態を鑑定魔法で確認して、髪がない人たちには一通り触れておいた。

それで状態が脱毛から正常になったから、いずれまた生えてくるだろう（羅羅に脱毛魔法をかけられた人限定だ）。

「たぶんまた生えてくると思います」

「それならいいのだがのう……さすがに眉もまつげもないとなるといろいろたいへんでなぁ」

「あぁー……」

確かにたいへんだと思う。眉やまつげは目を守る役割もあるはずだからだ。

それらまでなくなってしまっていたから、彼らの顔に違和感があったんだなと納得した。

青虎の羅羅は申し訳なさそうに身体を縮めている。

どうしてここの村人を脱毛したのかと聞いたら、羅羅はこう答えた。

羅羅は脱毛する以外だと己の身体強化や感知、そして暗視魔法が使える。他にも土魔法が使えるそうだ。爪は鋭いし牙もでかくて鋭利だ。脅すにしても怪我をさせてはいけないと羅羅も思ったらしい。そう考えると魔物にしては穏やかなのだなと思った。

まぁ全ての魔物が人間を見かけたら何がなんでも殺すべし、ってわけじゃないだろうけど。魔物

なんて定義は勝手に人間がしているものだしね。

ただ、やり方として精神にダメージを負わせるには十分だったけど……。

「脱毛もダメージでかいからさー……今後はそんな気軽にかけちゃだめだよ？」

「うむ……世話になった。本当にすまないことをした」

羅羅はワイルドボアの内臓や肉を食べるとのっそりと立ち上がり、村人たちに頭を深く下げて謝罪した。

「いえ……そんな……」

「毛は生えるのかのぅ……？」

被害がなかった人たちは恐縮していたが、実際被害に遭った人たちからすると複雑な心境のようだ。

いくら村人たちに怪我をさせない為だったとしても、毛もまた重要なのである。確かに人間は他の動物たちのように毛がないと死活問題という程ではないかもしれないが、頭髪はとても大事だ。何故まだ十歳である俺がそんなことを力説しているのかというと、俺の前世の記憶は四十三歳なのである。生え際が後退してきている気がする……とちょうど気になってきたお年頃であった。その為、頭髪の有無にはどうしても敏感になってしまう。きっとみんなもわかってくれるはずだ（いったい俺は誰に言っているのか）。

「あのー……すみません。こんな時になんですけど、一晩泊めてもらうことってできますか？」

「うむ、少年とニワトリスたちは何晩泊まっていってくれてもよいぞ」

おじいさんが胸を張って言う。

俺とニワトリスたちかぁ……羅羅も休ませてもらえると助かるんだけど、さすがにそういうわけにはいかないよな。

羅羅は納得したように頷くと、

「主よ。我はこの村の周囲におる故、村を出る際は呼んでくれ。我はこの辺りで獲物を獲ってこよう」

と言った。それはそれで助かるけど……と思った時、それまでおとなしくしていてくれたシロちゃんとクロちゃんの目がキラーンと光った。

獲物、と聞いて反応したようである。

「ゴハンー」

「オトカー」

クロちゃんや、俺は飯じゃないぞ。

「うん？　主に獲物を獲ってくればよいのか？　そうすると捌いてくれる？　いいことを聞いた。では獲ってくるとしよう」

「え？　なんで今の会話だけで通じてんの？」

俺はニワトリスたちと羅羅を交互に見た。

「カルー」

シロちゃんが羅羅の前に進み出た。

「えっ？　シロちゃん？」

「では共に参ろうぞ」

「えええええ!?」

俺が驚愕《きょうがく》の声を上げている間に、羅羅とシロちゃんは村の柵を軽々と飛び越え、ツッタカターと走っていってしまった。一応村の柵ってさぁ、高さ三メートルぐらいはゆうにあるんだけどなぁ……。

「……クロちゃん、どゆこと？」

俺は茫然《ぼうぜん》と一頭と一羽を見送った後、俺の横にいるクロちゃんに尋ねた。

クロちゃんはコキャッと首を傾げた。かわいい。

っていや、そこで俺も和んでないで？

「クロちゃん」

もう一度声をかけると、今度は反対側にコキャッと首を傾げる。あんまりかわいいとぎゅうぎゅうするぞこら。

「ンー……エモノー、カルー」

「うん」

モツって内臓のことか？　いや、多分違うな。ってことは、「持つ」か。

「シロ、モツー？」

ああ、と合点がいった。

羅羅が獲物を狩って、シロちゃんがそれをアイテムボックスにしまって持ってくるってことか。

「そっかそっか……って、えええー？」

もしや、この辺りの魔物を全て根絶やしにしてくるつもりじゃあるまいな？

背筋をツツーと冷や汗が伝うのを感じた。

頼むから狩るのはほどほどにしてほしい。

そうして、シロちゃんは暗くなるまで戻ってこなかった。

その間俺は村の人たちに歓待されていたけど、なんだかもう生きた心地がしなかった。

クロちゃんはご機嫌で俺に寄り添っている。時々すりすりしてくるからもうかわいいのなんのって！　だからそうじゃない。そうじゃないんだ。クロちゃんは俺を篭絡《ろうらく》しようとしているのか。恐ろしい子っ！（落ち着け俺）

「あのー……この村の人たちってこの辺りの魔物を狩ったりはするんでしょうか？」

「小さい魔物なら狩ったりもするが……あまり積極的には狩らないぞ。危険だからな」

ひげ面のおじさんが教えてくれた。

「じゃあ肉とかはどうしてるんですか？」

「家畜がいるにはいる。冬になる前に潰して、そんで食べちまうな。ボアの肉なんて本当に久しぶりだ。しかもワイルドボアだろう？　そもそもこんなに肉を食べたのは久しぶりなんだ。ボウズ、ありがとな」

ひげ面のおじさんはそう言ってニカッと笑った。

積極的に狩ってないならいいかと思ったけど、一応そのおじさん以外の人たちにも話を聞き、俺は胸を撫でおろした。

青虎の羅羅は森に残ったらしい。

胸を張って戻ってきたシロちゃんに羅羅のことを聞いたら、「ルー、モリー」と答えてくれた。さすがにルオルオって発音はできないよな。ルーって呼び方、なんかかわいいな。

和んでいたらシロちゃんが、

「キルー」

と言い出した。

「え？　解体しろってこと？　しないしない」

手を横に小刻みに振って断ったらつつかれた。

「いてっ、痛いっ！　シロちゃんっ、暴力はんたいっ！　もう暗いからっ、解体はあしたーっ！」

「ヤダー！」

「やだじゃないのっ！　暗いからっ、解体できないってばーっ！」

暗闇でもそれなりに見えるは見えるけど、解体できるほどじゃない。言うことを聞いて解体なんて始めたら俺が怪我をしてしまいそうだ。

シロちゃんはそうして何度も俺をつついたけど、俺ができないと何度も断ったことでつつくのをやめてくれた。ふう、今回はかなりしつこかった。

「ケー、ナイー」

「え？」

「ルー、ケー、ナイナイー」

シロちゃんが身体を揺らしながら拗《す》ねたように言う。ああもうかわいい。っていつまで経っても話が進まないっ。これはもううちのニワトリスがかわいすぎるのがいけないんだっ。

責任転嫁したって知られたらまたつつかれそう。

どうやら羅羅に脱毛させてからアイテムボックスにしまってきたらしい。だからすぐに解体できると思ったんだな。

「そっか、毛を抜いてきたのか。でも暗いから解体はできないよ。こんな暗い中でやったら俺、怪我しちゃうよ？」

シロちゃんはショックを受けたような顔をした。

やっぱり羅羅に獲物の毛をなくさせればすぐに解体できると思ったみたいだ。まぁニワトリス自身ではできないもんな。

「ケガー、ダメー」

シロちゃんが今度はいやいやをするように身体を揺すった。尾がぶんぶん揺れる。そうしてすりっと身体を寄せてくれた。ああもうかわいいなぁ！

尾の動きは全然かわいくないんだけどかわいいなぁ！

「うん、俺も怪我したくないからね？」

しょんぼりするように頭を垂れるシロちゃんがかわいそかわいい。優しくなでなでしたらつついてはこなかった。最近シロちゃんも大いに甘えてきてくれるのが嬉しい。

「オトカー」

クロちゃんもぎうぎうくっついてきてくれてもう至福である。ニワトリスハーレムサイコー！

（あ、ハーレムって言っちゃった）

村の人たちには明日解体の手伝いをしてもらえるよう頼み（当然だけど肉を少し分けるという話はした。タダ働きダメ絶対）、その日は大きな建物の隅っこで寝かせてもらった。うん、屋根があるって素晴らしいな。

見張りをするというクロちゃんに抱き着いて寝たから超快適だった。シロちゃんも寝る時はだっこさせてくれたりする。普段は嫌がるけど、うちのニワトリスたちはとにかく優しくてかわいいのだ。

おかげさまでよく眠れた。

朝起きると、俺からほんの少し離れた場所に大きな卵が二つあった。

「お！　シロちゃん、クロちゃんありがとなー」

うちの子たちの卵さえあれば生きていける。誰かに見られたら困るので急いでアイテムボックスにしまった。他のところで食べることにしよう。

起きて自分に浄化魔法をかけてすっきりしたところで建物を出てストレッチを始める。今日はいいかげん移動しないとだし。

「おう、ボウズ起きたのか。メシ食うか？」

通りかかったひげ面のおじさんが声をかけてきた。

「おはようございます。ごはん食べたいです」

「じゃあ声かけてきてやるよ」

「ありがとうございます」

自分で朝ごはんを用意してもよかったが、いただけるものはもらっておこう。

ストレッチを続けていたら、村のおばさんたちが来ておかゆのようなものをくれた。ありがたい。

「昨日は魔物のお肉を分けてくれてありがとうね。とてもおいしかったわ〜」

村で採れた野菜を煮たものなども差し出された。

「おいしかったならよかったです」

「今日もこれから解体なんですって？」

「ええ。数が多そうなのでお願いします」

おばさんたちに受け答えしながら、あまり味のしない料理をいただいた。塩も貴重だからしょうがない。

この辺ってやっぱ貧しいのかな。おかゆは粟粥《あわがゆ》だった。黄色いつぶつぶがいっぱいの、元の世界だと鳥の餌かなって思うやつである。空腹は最大のスパイスって言うよね。自分で少し塩を振ったのでまあおいしくいただけた（森の奥で岩塩を採取していたのだ。一定の場所で岩塩が露出していたりする）。朝ごはんを食べ終えたのか、大人たちが出てきた。

広場に集まってもらい、シロちゃんに昨日羅羅と共に狩ってきたという獲物を出してもらった。

「えー……」

村の人たちがあんぐりと口を開けている。

これって、この辺りの魔物を根こそぎ狩ってきたんじゃなかろうなと思うような数が広場に積み上がった。シロちゃんがドヤッというようにクンッと頭を上げて胸を張っている。

うん、まぁ……胸を張る理由もわかるけどな。全部毛がないのが異様と言えば異様だった。

「こりゃあ……」

「すげえな……」

「ええっとー……解体できるだけでいいので……昼ぐらいまででお願いできますか？」

さすがに全部解体しろとかそんな酷なことは言わない。それに時間を区切らないとたいへんだろう。

「おう、任せとけ！」

固まっていたおじさんたちだったが、ハッとしたように獲物の方に近づき、豪快に解体し始めた。

「？　おうボウズ、こりゃあたぶん食えねえぞ」

何頭か解体してから、ひげ面のおじさんが俺を手招きした。

「え？　どれですか？」

「毛がねえから気づかなかったが、ほら……」

「ええっ？」

そう言っておじさんが見せてくれたのは、紫色に染まり震え始めている手だった。

「ど、どうしたんですか!?」

「こ、これのせいだ……毛がねえからわからなかったが、これは毛皮を取る為の魔物だな……」

「えええええ。って、なんで震えてるんですかーっ!?」

「こ、この魔物には、毒があってな……食わなけりゃそれほど問題はないんだが……」

そう無理に笑おうとするおじさんに触れる。毒なら俺が解毒できるし。

「これは回収します。これと同じ顔をした魔物を教えてもらえますか？　全部回収しますので」

この魔物を狩る時は脱毛させちゃだめだな。そうだよな。毛皮に価値がある魔物もいるよな。それに、肉に毒が含まれる魔物だったら俺たちなら食えるだろうし。

「お？　しびれが消えたぞ？」

おじさんが少しして、不思議そうに手をグーパーと動かした。紫色だった皮膚もすぐに元の色に戻った。よかったよかった。

「治ってよかったです。落ち着いたら他のをお願いします」

ってことで魔物の特徴などを教えてもらい、肉をそれなりに分けた。シロちゃんとクロちゃんはこれでもかと肉を食った。みんなが引くぐらい食ってたから、ニワトリスたちはよっぽど楽しみにしてたんだろうなと苦笑した。

そして、ここから西に大人の足で一日歩くと森を抜けるということを教えてもらった。

「もう行ってしまうのか」

頭髪のないおじいさんが残念そうに言う。

「お世話になりました」

俺の前にはシロちゃん、横にはクロちゃんがいる。

「ボウズ、気を付けていくんだぞ。ニワトリスは魔物だから警戒されることもあるだろう。早いとこ冒険者ギルドへ行って、冒険者証をもらった方がいい。そうすればそのニワトリスたちも従魔として登録できるだろうしな」

ひげ面のおじさんにいろいろ教えてもらえて助かった。

「ありがとうございました！」

「こっちこそ、肉ありがとなー」

「ありがとー！」

村人たちに見送られて、俺はニワトリスたちと森に入る。ここから更に西へ大人の足で一日だったか。俺の足だとどれぐらいかかるんだろうか。

しばらく歩いていたら羅羅が現れた。これからはこのメンバーで向かう。

「羅羅、よろしくな」

「うむ、主よ。よろしく頼む」

意思の疎通ができるというのは素晴らしい。

そうして俺らは西へ向かって進むのだった。

## 7．ニワトリスと新たな仲間と西へ

羅羅に食事はしたかと聞けば適当に獲物を狩って食べたらしい。

やっぱ羅羅も肉食なんだな。

情報共有はしておいた方がいいので、羅羅が狩った魔物について話した。一部毛皮の方が重要で、肉に毒を含んでいる魔物がいるということだ。ただ俺にはどの魔物がそれなのかわからないので、狩った魔物はその時食べる物以外脱毛しないように伝えた。

俺以外が解体する場合、毒でやられてしまうので。

「わ、我はなんということを……」

羅羅は落ち込んだように頭を両の前足で抱えた。爪は出ていないからもふもふしている。さ、触りたいかも……。

「そんなに落ち込まないで。俺も知らなかったから、これからは慎重にやっていけばいいよ。シロちゃんクロちゃん、羅羅にむちゃなことは言わないようにしてね」

知らなかったんだからしょうがないとその毛並みを撫でる。うん、羅羅ももっふもふのふかふかだなー。

これ、羅羅が自分に脱毛魔法かけても次の日にはもさってなるんだよな？　魔物が全てそうなのか、羅羅特有なのかは不明だ。

「……うむ。これからは気を付けよう」

羅羅は殊勝に応えた。

「ムチャー？」

「オトカー」

「あー、むちゃじゃわかんないかー……」

コキャッて二羽が首を傾げている姿はとってもかわいいんだけどな。

「羅羅にいちいち命令しないでってことだよー。よろしくねー」

「エー」

「オトカー」

シロちゃんは不満らしい。

「シロちゃん、お願い！」

両手を合わせて改めてお願いしてみた。

「……ワカッター」

シロちゃんが不満そうにツンとする。それでもこうやって言うことを聞いてくれるんだから本当にかわいいと思う。

「ありがと！　シロちゃん、クロちゃんは本当にかわいいなー」

「……主は苦労性であるな……」

羅羅がぼそっと言う。言われるほど苦労らしい苦労もしてないけどな？　だってニワトリスかわいいし。

村ではさすがに聞けなかったけどここならいいだろうと、羅羅の事情を聞くことにした。

羅羅は『山海経』に書いてあった通り、北海という場所にいたらしい。そこで自分が食べられるだけの獲物を獲り、平和に暮らしていたという。

「仲のいい相手とかは……いなかったの？」

「我は物心ついてからはずっと一人だ。特に寂しいと思ったこともなかった。だがな……ある日気が付いたら森の中にいた。いくら走っても海は見えず、海の匂いもしない。しかもこの辺りは寒い。我はどこに来てしまったのかと混乱してしもうてな……」

「ん？　北海っていうぐらいだから寒い地域だったんじゃないの？」

『山海経』の海外北経って章に載ってた生き物？　なんだよな？

「いや？　比較的過ごしやすい地域であったぞ」

「んん？」

ってことは地域の名称が北海ってだけで、暖かい地域の可能性もあるのか。俺が読んだ『山海経』にも確か地図はついていてなかったな。

住んでいたところはともかく、羅羅はやはりどういうわけか異世界転移してきたみたいだった。

もしかしたら元の世界でそういうことがたまにあったのかもしれないけど（神隠しとか）、迷惑な話だよな。

しっかし不思議だよな。俺には元の世界の記憶があって、羅羅は元の世界で読んだ物語の中の生き物だなんて。

偶然と言えば偶然だけど、もしかしたらこれからもこういうことがあるんだろうか。

仲間が増えるイベント的な？

でもニワトリスは元の世界で見たことないし。幻獣みたいなくくりでコカトリスとかは絵で見たことはあるけど、ニワトリスっていうと某有名なＲＰＧでちらっと出てきたかな？　でもやっぱ違う気がする。

「うーん……」

考えすぎかもしれないけど、今はまだ考えられるだけの材料が足りない。なにせこの世界の知識がまず圧倒的に足りてないし。

そもそも教会でなんの神様を信仰してるのかも知らないしなぁ（不敬この上ない）。

「オトカに出会えてよかった。よろしく頼むぞ」

羅羅が嬉しそうに言う。俺の知識が少しでも役に立ったならよかった。

「うん、羅羅もよろしくね」

話しながら歩いているせいか、歩きづらい森の中もそれほど苦ではない。

「そういえば、羅羅ってなんでそんなに自分の名前にこだわってたの？」

「名、というかだな……我はそこそこ人に恐れられていたのだ。人は我を見れば、羅羅だ！　と叫んで逃げた。だが見知らぬところに来たと思ったら誰も我のことを知らぬ。なんと言えばいいのか……」

羅羅はもしかしたら自分の存在というものを疑ってしまったのかもしれない。地に足がついていないような心地というか。俺にもうまく説明はできないけど、羅羅を知っている人、もしくは生き物に会いたかったんだろうな。

「そっか、心細くなっちゃったんだね」

「なっ！」

「会えてよかったなぁ」

羅羅はコホンと咳払《せきばら》いをした。虎って咳払いできるのか。

「そういえば、西の方角へ向かうのであったか」

「うん。西に一日歩くって聞いたよ」

「……主の足ではもっとかかるのではないか？」

「たぶんね。でも急ぐ旅でもないしなぁ」

一晩は先ほどいた村で過ごせたし、西に一日ぐらいならその間野宿をしてもいいと思った。って言うと大分俺も野生児と化してきた気がする。

あ、でも浄化魔法があるからいつでも清潔だし、それが一番大きいかも。

けれど羅羅は嘆息した。

「主よ、乗るがいい」

そう言って大きな身体をその場に伏せた。

「えっ？」

「我の背に乗って向かう方が早い。さあ」

「うーん……」

確かにもふもふの背に乗るというのはシチュ的にとてもおいしいのだが、振り落とされないかどうか心配である。

「乗せてもらえるのはありがたいんだけど、振り落とされそうだし……」

「なに、主が我の毛にしっかりしがみついていれば問題ないだろう」

「そういうもん？」

できれば紐かなんかで俺と羅羅をしっかり括った方がいいんじゃないかなと思うんだけど、そこまで長さがあるのは作ってないし、強度の問題もある。

「シロちゃんクロちゃん、人里のあるところまで羅羅が乗せてってくれるって言うんだけど、二人とも付いてこれる？」

羅羅が速すぎたら二羽を置いていってしまうことになる。そう思って聞いたのだけど、シロちゃんにはつつかれてしまった。そして羅羅には呆《あき》れたような目で見られた。

「……主よ。シロ殿は我よりもはるかに速く動くことが可能だぞ」

「えっ、そうなの？」

シロちゃんを見たらまたつんつんとつつかれてしまった。

「いたいいたいっ！　ごめーん！」

「主はずっとそこなシロ殿、クロ殿と暮らしているというのにその能力を把握しておらなんだか」

「えっと……そんなに速く移動する必要もなかったしさ……」

俺は視線をそっと逸《そ》らした。うん、一緒に暮らしてたって俺の行動に付き合わせてたんだから、思いっきりニワトリスたちが動くのは狩りの時ぐらいだったんじゃないだろうか。そう思うとなんか悪いことをしたなと思う。

「シロ殿クロ殿の移動については問題あるまい。では主よ、参ろうぞ」

「えっ？」

クロちゃんがずいずいっと近づいてきて、俺を羅羅にくっつけようとする。シロちゃんの方を窺うと、「ノレー」と言われてしまった。やっぱ俺の歩みに合わせるのは疲れるのかもしれない。

「あー、うん。わかったよ」

俺が羅羅の上に乗って移動した方が確かに速いよな。

「じゃあ世話になるね」

俺は観念して羅羅の背に乗った。ええと、振り落とされないようにするには密着して乗った方がいいんだよな、なんて考えている間に、羅羅は立ち上がってしまった。

「よし！　では向かうとしよう」

「わわっ、ちょっ、ちょっと、わああああああ――――――!?」

羅羅は俺が体勢を整える前にドドドドド――――ッッ！　と走り出してしまった。どうにかその身に伏せて毛をぎゅううっと摑む。それでも羅羅がいろいろ飛び越えたりする度に身体が飛んでいきそうになって怖かった。

このままでは振り落とされてしまう――と思った時、俺の背に何かがドスンッと乗った。

「ぐええっ!?」

「オトカー」

どうも羅羅の身体の上で安定しない俺を見かねてか、クロちゃんが俺の上に乗ってくれたらしい。

その乗り方はどうかと思うが、クロちゃんのおかげで身体が飛び上がらなくなった。

助かったなーと思いながら、俺は背にクロちゃんを乗せたままどうにか森を抜けたところまで連れていってもらった。

……乗ってるだけだったけどすんごく疲れた。

「主よ、森が切れたぞ」

「……あー、うん……」

確かに視界が明るくなった気がする。大人の足で丸一日の距離も、羅羅にかかればそれほど遠くもなかったらしい。そうだよな。けっこうなスピードで走ってきたもんな……。

昼ごはんを食べて出てきたというのに、まだ世界が明るい。

羅羅は森から顔を一度覗かせ、辺りをざっと見てからまた顔を引っ込めた。

たぶん冒険者対策なんだろうなと思った。顔をずっと出していて狙われても困る。

羅羅は魔物だから、森から出たら危険かもしれない。冒険者にならなきゃって思ってたけど、まず人が多くいる町に羅羅を連れていってもいいものなんだろうか?

「羅羅ってさ、こっちで人に攻撃されたりしたことはある?」

「いや？　逃げ惑われるのが普通だな。だが矢というのは厄介だ」

「そうだよね。だったら……俺とニワトリスたちで行った方がいいのかな？」

「主よ……シロ殿クロ殿も魔物ではないのか？」

「そうなんだよね〜」

そこがどうも悩ましい。ニワトリスたちと羅羅を従魔登録するには冒険者にならなければいけないのに、町に行かなければ登録できないのだ。小さい村ではそもそも冒険者ギルド自体がない。ニシ村にもなかった。

「まぁ、とりあえず少し様子を見てみるよ。近くに人の気配がなければ一緒に行ってもいいだろ？」

「承知した」

森から出てはみたけれど道はなく雑草でいっぱいだった。それほど背が高い草ではないから、遠くからでも俺たちの姿が見えることは見えるだろう。

ニワトリスたちと一緒に辺りを見回す。人がいそうな気配は全然なかった。

「この辺には森に入るところもないんだろうね。羅羅、道があるところまで行こう」

雑草の高さを考えると、羅羅が一緒に行っても大丈夫そうだった。

「あいわかった」

しっかし雑草が生い茂っていて歩きづらいことこの上ない。黄土色っぽい植物で、上にところどころ穂がついているようなものもある。

「あれ？　これ大麦かな？　でもここって畑じゃないよなー」

畑ならもっと等間隔に植わっているはずだから野生の大麦かもしれない。どうせアイテムボックスにならたくさん入るしと、穂の部分を刈るだけ刈っていくことにした。茎の部分も何かに使えそうだから分けて回収していく。

「……主よ。そんなことをしていたら日が暮れて夜が明けてしまうぞ」

「急ぐ旅でもないしさー」

夜逃げをしたといっても森を約半月もかけて抜けてきたのだ。森は魔物たちの領域だし、食べられるものも多く生えてはいるけど毒を含むものも多い。俺がよっぽどの極悪人でもない限り、そんな森に入ってまで追いかけてくる人はいないはずだ。

「……我は少しでも安心したいのだがな」

羅羅が嘆息する。羅羅はけっこう心配性みたいだ。

「うーん、じゃあ……」

麦わらだとストローとかは作れるけど紐とか縄作りには向かないんだよな。

とりあえずそこらへんの草を編んで首輪のようなものを作ってみた。余裕を持って首から少し下げるようにし、羅羅だけでなくシロちゃんとクロちゃんにも付けてもらった。これを見て俺が飼っていると認識してもらえたら助かる。

「まぁでも……相手が敵対してきたらシロちゃんクロちゃんに威嚇してもらえばいいのかな？」

作ってから思い出した。もっと早く気づけばよかったけど、威嚇したら更に面倒なことになるかもしれないから難しい。

そんなこんなで人が歩くような道に出た時にはもう日が陰ってきていた。

「羅羅は夜目が利く？」

「問題ない」

「じゃあ夜のうちに移動した方がいいのかなぁ」

道が全くわからないけど、この道を北か南に進んでいけば人里に着くかもしれない。

「森を抜けた後のことも聞いておくんだったー……」

とりあえず森を出ればどうにかなると思ったのだ。だからといって今更聞きに戻るというのもいただけない。羅羅の背に乗っていけばそれほど時間はかからないかもしれないが、またあのスピードで走られたらと思うとうんざりしてしまう。

「ゴハンー」

「オトカー」

だからクロちゃんや、俺は飯じゃないっての。

「そろそろ腹減ったよなー。じゃあそこらへんでごはんにしよっか」

村の人たちにあらかた肉は解体してもらったから、羅羅とニワトリスたちにはそのままあげることができる。俺は、毒があるという魔物の肉を出して少しだけ切ってみた。そこらへんから拾ってきた石で竈《かまど》を作ろうとしたら、羅羅が土魔法で作ってくれるという。ありがたく小さい竈を作ってもらい、フライパンを置いた。乾いた木切れなどはクロちゃんが拾ってきてくれた。ありがたいことである。

土魔法も使えるとか、羅羅って本当にチートだよな。でも土魔法ってなんに使ってたんだろー。あとで聞いてみようっと。

フライパンに油を少しだけひいて毒があるという肉を焼く。

辺りに香ばしい匂いが漂い始めた。

「えー？　こんなにいい匂いがする肉なのに毒があるものなのか？」

とても信じられない。おいしい毒キノコと一緒に炒《いた》め、塩を振りかけて食べようとしたら、ニワトリスと羅羅がすぐ近くにいた。その目はじっと俺のフライパンの中に向けられている。今にも涎《よだれ》をこぼしそうだ。

「えーっと……ちょっと待ってね」

とりあえず俺が味見してからだ。

毒があるという肉をパクリと食べてみる。

「んっ？　毒なんてないぞ？」

もしかして、熱を加えると無毒化するとかいうやつなんだろうか。肉の味は悪くない。毒キノコと一緒に食べたら、なんか毒キノコの毒の成分が薄まったように思えた。俺に毒は効かないけど、毒があるかどうかはわかるのだ。

せっかくだから鑑定魔法を使ってみる。肉の方は、ポイズンオオカミの肉（正常）と出た。やっぱり毒はなくなったみたいだ。毒キノコの状態は毒のままだ。鑑定魔法では毒の程度についてはわからないらしい。でも食べたかんじ明らかに毒は薄まっている。

しっかしこの肉、ポイズンオオカミだったのか。まんまだな。

「この肉と一緒に炒めて食べると毒が薄まるのか。面白いなー」

そういう食い合わせがあるということを学んだ。とりあえず視線が痛いので毒があると言われた肉を切り分けて、

「味見してみて」

と一頭と二羽に出してみた（ポイズンオオカミは最終的に俺が解体した。なので肉の大きさはアバウトだったりする）。

「モットー」

「オトカー」

おかわりをねだられてしまった。だからクロちゃんや、俺のことは食べようとしないでおくれ。

「これはうまい！　主よ！」

羅羅、皿をずいっと前足で俺の前に出すのはやめなさい。あげるから。

「こんなにうまい獲物とは思わなんだ。シロ殿、是非すぐにでも狩りに行こうではないか！」

羅羅が興奮して走り出そうとしたので、急いで羅羅の首にかけていた紐を引っ張った。

「もう暗いから狩りはまた今度で！」

「主もうまそうに食べていたではないか！」

「それとこれとは別なの！　まだ肉はたくさんあるし、これ以上はまた明日以降でっ！」

「……くっ……」

くっ、じゃねえよ。

とりあえずその魔物の肉を一頭分出したのでことなきを得た。

はっきり言って頑丈な手綱が必要だと思った。しっかしどんだけの強度があれば切れないんだろうか。

その日の夜は道から外れ、少し森の中に入ったところで休むことにした。

道は森から少し離れたところにあるが、だいたい森に沿っているようだった。

俺とニワトリスたち、羅羅も一緒に登れるような大きな木をシロちゃんたちに見つけてもらい、みんなで登る。俺はいつも通り木をよじ登ろうとしたけど、羅羅の背に乗せてもらってしまった。

しっかり掴まらないと危ないけど、楽は楽だ。そうして木の上でみんなで寝ることにした。

薄い毛布を取り出す。そこで聞こうと思っていたことを思い出した。

「羅羅ってさ、土魔法って自分ではなんに使うの？」

「うん？　ああ、主に風除《よ》けだな。脱毛した後は壁を作って風に当たらないようにするのだ」

「そっかー、なかなかに合理的だね」

納得した。やっぱ自分にとって使い勝手がいい魔法を覚えてるんだな。

ってことは、俺にとっては浄化魔法と鑑定魔法が重要だったってことだ。……それ以上は覚えられないんだけどさぁ。

そういえば羅羅本人に鑑定魔法ってかけたことないな。ってことで鑑定してみた。

名前が普通に出てきたけど、これってもしかして俺、羅羅のこと鑑定していれば名前がすんなりわかったんでは？　と遠い目をしそうになった。あの時はそんなこと思いつかなかったんだよー……。

気を取り直して、羅羅に浄化魔法をかけてキレイになった毛に埋もれるのは至福だった。しかもそんな俺にシロちゃんとクロちゃんもぴっとりくっついてくれる。天国ってこんなところにあったのかーと思った。

ホント、もふもふってたまらんよなー。

おかげで快適に寝られた。

朝になると木の下に降りて二羽から卵をいただいた。それを羅羅が羨ましそうに見ていたが、さすがにこれをあげるわけにはいかない。

「これだけは無理だから諦めて」

そう言って諭したら、朝からシロちゃんと一緒にツッタカターと走って狩りに出かけてしまった。

全く、どこまで行く気なんだよー。

シロちゃんも共に狩りに行ける相棒ができて嬉しそうだ。尾がぶんぶん振られてたもんな。

「クロちゃんは付いていかなくていいの？」

クロちゃんも狩りをしたいんじゃないかなと思って聞いたんだけど、俺の方を向いて、

「オトカー」

と言ってくれた。ああもうなんてかわいいんだクロちゃんはあああ。

ついにまにましてしまう。

「卵いただくねー」

羅羅が出かける前に竈は作ってもらったから、感謝をしつつごはんを作る。

「クロちゃん、こういう実ってこの辺りにある？」

油が採れるユーの実を出してクロちゃんに聞いてみた。

「シー」

クロちゃんは辺りをキョロキョロと見回してからトトトッと近くの木まで駆けていき、ぴょんっと跳んだ。そのまま風魔法を使ったのかバッサバッサと飛んで木の上まで行く。

「うわあ……」

思わずあんぐりと口を開けてしまった。クロちゃんは上の方をつついて何かを落とした。それらは下に落ちてこなかったから、きっとアイテムボックスに収納したのだろう。つくづくニワトリス

ってのはすごいなと思った。

クロちゃんなら大丈夫だよなと思い、目玉焼きを二個作る。一個は皿に載せてアイテムボックスにしまった。毒キノコとか肉を出して焼き始める。そうしてからハッとした。これから人に会うことがあった時、食べているものを見られるようなシチュエーションがあると困るなと。毒キノコは一見そうは見えないものから、見たらすぐにわかるものもある。見たらすぐにわかるものはここで食べてしまうか、調理しておこう。葉っぱに包んで、すぐに食べられるような形にしておかないとなー。

冒険者になって宿屋に泊まれるようになったら隠れて食べればいい。まだ気が早いけど、考えるだけでわくわくしてきた。

「オトカー」

クロちゃんが戻ってきて、俺の側にユーの実をバラバラと落とした。

「クロちゃん、ありがとー。……ここらへんだと、ユーの実が採れる木ってこんなに育つんだな……」

うちの村の近くの木はここまででかくはなかった。だから採りやすかったというのはある。

あと、ユーの実が採れる木には毒虫が付きやすい。このでっかい木にもドクガの幼虫とかいるんだろうか。俺はあの体液を浴びたからってなんともならないんだけどさ。

「油とかどうしてんだろうなぁ」

アブラナとか、ユーの実に代わる植物があるんだろうか。まぁ元の世界の感覚で植物を語ったらだめだよな。北に向かったのに木がどんどんでかくなるとか説明がつかないし。もうこういうものだと思うことにしよう（ようは考えることを放棄したとも言う）。

いいかげん戻ってきてくれないかなーと思っていたら、やっとシロちゃんと羅羅が戻ってきた。

「いっぱい狩れた？」

「主よ、大猟だ」

「あ、ここで出さなくていいからね。そろそろ移動したいから、いいかな？」

シロちゃんもクンッと頭を上げて得意そうな顔をしていたけど、ここで出されたら面倒なのでお断りした。

「エー」

「む……そうであるな。シロ殿、主の言う通りにしよう」

「ヤダー」

シロちゃんはせっかく狩ってきたのに！　とばかりに俺をつつき始めた。

「シロ殿……」

「いたいっ、いたいってばシロちゃん！　とりあえず人里に出ないとうまく解体できないからぁっ！」

理由を言えばシロちゃんはつつくのをやめ、フンッというようにそっぽを向いた。

自分が狩りたいだけなんだろうけど、俺のごはんも獲ってきてくれてるんだよね。

「いっぱい狩ってきたんだよね？　あとで見せて？」

「……カッター」

「うんうん、えらいね。でも今は移動しよう」

そっぽを向いたシロちゃんだったけど、俺の方を向いてまた軽くつついた。今度はくすぐったいかな程度である。ああもうこのツンデレ女子かわいすぎるんですけど！

とはいえ俺以外をつつくと麻痺してしまう可能性があるから、改めて羅羅とか人に会ってもつつかないようにお願いした。

太陽があまり高く昇らないうちに森を出て土の道へ移動する。人の姿だけでなく他の生き物の姿も見当たらない。風が時折吹くぐらいである。

「うーん、こっからどう行くかなー」

俺ってば、ホント詰めが甘すぎる。南に行ってもいいんだけど、せっかく離れた村に近づきそうで嫌なんだよな。そうしたらやっぱまた北に向かうべきか。

「よし、道なりに北へ向かおう」

「では主よ、乗るがいい」

「ええっ？」

さすがにこの道を羅羅に駆けてもらうのは勘弁願いたい。丸見えだから矢を射かけられてしまうかもしれないし。

「主が我に乗っておれば、攻撃してこようと思う者もおるまい」

「あ、そういうこと……」

というわけで羅羅の背に乗せてもらうことにした。羅羅の側にニワトリスたちがいるだけだと攻撃されてしまうことも考え、俺の前にクロちゃんがもふっと乗って、俺の後ろにシロちゃんがまふっと乗る。俺はクロちゃんをだっこするような形で、羅羅の背に揺られて道を進むことになった。クロちゃんの尾が邪魔になるので、その尾の上に乗せさせてもらう。鱗があって硬いんだけど、意外と乗り心地はよかった。

羅羅は俺の歩みよりちょっと早いぐらいの速度で歩き始める。

「重くない？」

って聞いたけど、俺とニワトリスたちはとても軽いそうだ。ニワトリスもそれなりにでかいけど、ほとんど羽だもんな。重さでいったら俺の方が重いと思う。

……それにしてもなんかこれ、ドナドナっぽくない？

羅羅の背に揺られてしばらく進んでいくと、羅羅がピクリと反応した。

背に乗ってるから何か感じ取ったのがわかる。

「羅羅？」

「……走ってきた。森の中だ」

「えっ？」

低い声で言われ、クロちゃんをぎゅっと抱きしめた。

「キター」

後ろでシロちゃんが教えてくれる。来たーではなくイントネーションが北だったから、俺たちが向かっている方向から人が走ってくるみたいだ。それも森の中ってことは、斥候とかかな？

羅羅の歩みは止まらない。気づいていないように装っているのだろう。ホント、頭いいよな。

「……戻っていく」

「北に？」

「そうだ」

ってことは北から何人か来るんだろうな。行商人の護衛とかだろうか。できれば道を教えてもらえるとありがたいな、なんて思った。

道なりにしばらく進むと、前から何人かの集団が歩いてくるのが見えた。その先頭にいた二人がこちらへ向かって軽く走ってくる。

これはどう反応したらいいんだろうか？

「止まれー！　止まってくれ！」

走ってくる人が両手を前に出して大きな声を発した。

「羅羅、止まって」

「承知した」

羅羅は歩みを止めた。それに走ってきた人たちはほっとしたような表情を見せた。やっぱり羅羅は怖いかもな。

走ってきた二人は簡易な革鎧《かわよろい》のようなものを身に着けていたから、冒険者なのではないかと思う。一人は剣を下げていて、もう一人は弓を持っていた。二人は俺たちから三、四十メートルぐらい離れたところで立ち止まった。二人とも男性である。剣を下げている男性はがたいがよく、でっかい。

「少年、そのブルータイガーとニワトリスは君の従魔か!?」

「はい！　そのつもりです！」

まだ従魔登録はしていないのでそう答えた。青虎の羅羅はブルータイガーという名称らしい。こっちにもいるのかな？

「少年はどこに向かってるんだー？」

「冒険者になりたいので、冒険者ギルドがある町を探してますー！」

離れた場所からなのでお互いに大声で話している。向こうが怖がっているのでしかたないが、シロちゃんが「ウルサーイ」とか後ろで言っていた。

「ごめん、シロちゃん。ちょっと耐えて」

「……ワカッター」

うちのシロちゃんはとてもいい子だ。親バカじゃないかって？　ほっとけ。

「冒険者ギルドがある町なら、俺たちが来た方向にあるぞー！」

「ありがとうございまーす！」

やっぱり彼らが来た方向に町があるらしい。

「俺たちは南に行きたいんだが、そっちへ行ってもいいかー!?」

「はーい！　大丈夫ですー！　彼らは危害を加えたりしませーん！」

「じゃあそっちへ行くぞー！」

「はーい！」

こんなやりとりを経て、彼らがおっかなびっくり進んでくるのを待つことにした。羅羅に頼んで街道の脇に避けてもらう。確かにこんなでかい魔物に遭遇したら怖いよなぁ。ニワトリスが二羽と俺が悠々乗れるぐらいでかいんだし。

「すみません、ちょっと教えてもらっていいですか？」

「ああ、いいぞ。でもこちらが進んでからでいいか？」

「はい、かまいません」

集団は俺たちの前をおそるおそる通り過ぎていく。羅羅はそれを見ているのも飽きたのかその場にまふっと座った。気づいた人がビクッとする。

「大丈夫ですので～」

と声をかけて行ってもらった。

弓を持った青年が残り、近づいてきた。五メートルぐらい手前で止まる。それぐらいだと羅羅なら飛び掛かれそうな距離だけど、後ろに跳び下がれれば大丈夫かな。そんな近さだった。

「そちらの歩みを止めてしまってすまないな」

「いえ、僕たちも攻撃されたりしなければそれでいいので……」

攻撃されたら羅羅とニワトリスたちが反撃して、多分今の集団ぐらいならあっという間に倒してしまうだろう。今の人たちの中にものすごく強い人がいたなら別だけど。

「で、教えてほしいことってなんだ？」

「冒険者ギルドがある町はこの先をまっすぐ行けば着きますか？　町に入るのにお金とかいりますか？　あと、従魔って町の中に入れますか？」

矢継ぎ早に聞いてしまった。だってこの先人に会える保証なんてないし。

「ああ、この先をまっすぐ進むと道が二股に分かれてる。右に進むと北の山だが、左に折れていくと町に着く。だいたいここから歩いて半日ってとこだな」

「ここから半日もかかるんですね」

けっこうかかるなぁ。

それから町に入る方法とか、従魔がどうかとかいろいろ教えてもらった。すんごく親切にしてもらえてありがたかったので、羅羅とニワトリスたちに許可を取り、獲物（魔物）の肉を少し分けた。解体してもらったやつである。

「えっ？　こんなにもらっていいのか？」

青年は戸惑いながらも喜んで肉をもらってくれた。

「ありがとうな、少年。俺はキュウって言うんだ。少年は？」

「僕はオトカっていいます。いろいろ教えていただきありがとうございました！」

「おう、町に着いたら『アイアン』に会っていろいろ聞いたって言うんだぞ。たぶん悪いようにはされないから。また会えたらいいなー」

「はい、なにからなにまでありがとうございます！」

青年の顔はずっとひきつっていたけど、肉をあげてからは笑顔になった。よかったよかった。

ここから半日ということで、羅羅が走っていっても大丈夫かどうか聞いたら、速足ぐらいの速度ならいいのではないかという話だった。

この先の町の名前はキタキタ町というらしい。町からの道はこの道の他に、西に向かう道があるそうだ。西の方が森からは遠くなるので遠回りでも西に向かう人が多いらしく、この道はあまり使う人がいないという。それでも道としてなければ困るので冒険者たちに街道整備の依頼などがちょこちょこあると聞いた。今はまだ依頼がないのでおそらく人にはあまり会わないだろうという話だった。それならそれでありがたい。

キュウさんの姿が見えなくなるまで手を振って別れ、とりあえずそこでごはんにすることにした。

なかなか前に進めないが、キュウさんたちに会えてよかったと思う。ちなみにキュウさんが言っていた「アイアン」というのは彼ら冒険者パーティーの名前らしい。「アイアン」て鉄か。俺も冒険者登録をしたらなんかパーティー名を考えるかな。

うーん、モフモッフーズとかしか浮かばないぞ。

ブレー〇ンの音楽隊とか浮かんだけど、あれはどっかに定住しちゃうしな。

はー、それにしても緊張したー。

俺はクロちゃんの羽に顔を埋《うず》めて、むふーっと吸わせてもらった。羅羅は退屈だったらしく毛づくろいをしていた。全然人間を脅威と思っていない。まぁ、それぐらい強いよなきっと。

さてとごはんにしよう。

俺は朝作ったごはんをアイテムボックスから取り出すだけでいいし、他のメンバーには解体してもらった肉を出せばいいから楽だ。

ついでに道から離れたところに生えている薬草も摘んでいくことにする。これ、止血にいいし消毒もしてくれるんだよな。消毒もするせいか傷口に当てるとめっちゃ痛いんだけど、血はすぐ止まるし予後もいい。ただし止血の薬草は他にもあるから敢《あ》えてこれを使う人はあまりいない。だからこんな道の端にも群生しているのかもしれない。ほくほくしていたら、

「キルー」

と例によってシロちゃんが身体を揺らしながら言う。

ちゃんと肉出しただろー。

今朝狩った獲物をすぐに食べられる状態にしてほしいのかもしれないけど、いかんせん数が多すぎる。それに解体した肉は現時点で山ほどあるのだ。

「獲物の解体は町に着いて、俺が冒険者登録してからって言ったよね？　シロちゃんは待てない子？」

首を傾げて聞いたらシロちゃんにつんつんつっつかれた。

「だからー、痛いってばー」

それほど痛くはなかったけどつつくのはやめさせないとなぁ。って今更やめないか。

「シロちゃん、俺もいいかげん怒るよ？」

そう強く言ったらシロちゃんがショックを受けたような顔をした。しゅーんってかんじでなんかかわいそうな雰囲気を出している。

ああもうかわいいなぁ。でも躾《しつけ》は大事だ。ここは心を鬼にして……。

「……わかってくれたならいいんだよ？」

「……マチー」

「うん」

「キルー」

「うん、町に着いて、俺がまず冒険者になったらね！」

これだけは譲れないのでしっかり言い含めた。シロちゃんは不満そうだったけど、最終的には頷

くように首を前に動かした。

「くっついていい？」

「イイヨー」

シロちゃんをそっと抱きしめる。許可を取ればけっこう抱き着かせてくれたりするのだ。シロちゃんかわいい。

「……主はシロ殿クロ殿には甘いのであるな」

「うっ……」

羅羅にツッコまれてしまった。ごまかしようがない。だってめちゃくちゃかわいいし。

「そ、それより羅羅、情報のつきあわせをしよう！」

羅羅はキュウさんが話してくれている間黙っていたから、ちゃんと聞いてくれていたはずである。

この先を行くと分かれ道がある。まっすぐ行く（右側）と北の山だが、西に曲がっていくとキタ町に着く。その門は北門で、普段利用者は少ない。門が閉まるのは日没前ということだ。それ以上の情報はまた後で確認することにして、まずは町に入りたい。いいかげん野宿をやめたい。

「大人の足で半日って言ってたよね。今から向かって間に合うかな？」

「間に合わせよう」

「まあ、人に会わなければ行けるかー……」

というわけでまた羅羅の背に乗った。今回も先ほどのようにクロちゃんが前、シロちゃんが俺の後ろにいて俺の押さえ兼クッションになる。つってもクロちゃんの尾があるからちょっと乗り方が難しかったりするんだけどな。

「シロちゃんとクロちゃんが吹っ飛んだらたいへんだから、気を付けてくれよー」

「任せよ！」

「う……わぁあああ――――っっ!?」

……結果、爆走されました。

なんでクロちゃんもシロちゃんも平然と乗ってられるんだよおおおお？

俺はクロちゃんをぎうぎう抱きしめて、どうにか横に倒れたりしないようにバランスを取るのがやっとだった。

「主よ、町の近くまで来たぞ」

「……はーっ、はーっ、はーっ、はーっ……あ、あり、がと……」

半日の距離が一気に縮んだのは助かったけど、胃がひっくり返りそうだ。

「あっ……ク、クロちゃん、大丈夫？」

俺、かなりぎゅうぎゅうクロちゃんのことを抱きしめていたけどクロちゃんは……。まだ強張っている腕の力をどうにか抜いたら、クロちゃんは羅羅の上で身体を揺らした。

「クロちゃん、苦しくなかった？」

心配して聞いたのだけど、

「オトカー、ギュギューーッ！　オトカー！」

なんか声がすごく嬉しそうだ。うきうきしているように聞こえる。

「大丈夫だったんだね？　よかった……」

ほっとする。確か鳥って胸の辺りを強く押したらいけないんじゃなかったっけ？　と思うんだけど、ニワトリスは普通の鳥とは違うよな。

このまま進んでもよさそうだ。後ろにいるシロちゃんにも声をかける。

「シロちゃん、大丈夫だった？」

「ダイジョブー？」

振り向けば、シロちゃんは何言ってんの？　と言うようにコキャッと首を傾げた。なんともなかったみたいで、こちらも安心した。たいへんだったのは俺だけのようである。

……この移動方法は速いけどけっこうつらい。身体が強張ったりはするけど、乗り物酔いの症状みたいなものは出ないのだ。きっとこれも状態異常無効化が関係しているんだろうな。

「そういえば町の近くまで来たって……」

顔を上げて辺りを見回してみたら、道の先に高い柵があった。まっすぐ道なりに行けば大きな門がある。その門の前には何人かいて、こっちを見て指さしている。日はまだそれほど低い位置にはない。

「ふー……羅羅、ゆっくりあの門に近づいていくことはできるかな？」

「造作もない」

羅羅はそう言うと、先ほどとは違い門に向かって悠然と歩き始めた。

門の前には門番と思しき人たちがいて、彼らも戸惑っているみたいだった。でも門を通るのに手続きが必要なのだろう。こちらを見て無理やり町に入ろうとしている人たちを止めている。たいへんだよなぁ。

彼らの表情が見えるところまで進むと、

「止まれ！　止まれ！　何者か!?」

と門番に誰何《すいか》された。ここの門番は革鎧だけでなく一応兜《かぶと》っぽいものも被っている。

羅羅が息を吸い込んだのに気づいて止めた。ここは俺が話した方がいい。

「ニシ村の方から来ました、オトカと言います！　このタイガーとニワトリスは僕が飼っています！　冒険者になりたくて来ました。どうか町に入れてください！」

羅羅の上から大きな声を上げて言えば、後ろにいるシロちゃんが、「ウルサーイ」と言った。「うん、ごめんね。もうちょっと待ってて」と小声で伝えた。シロちゃんが軽くだけど俺の背をつついた。だからつついちゃだめだってば。

門番は俺の話を聞いて困ったような顔をした。門番は門の両脇に二人いて、一人が受付を担当しているみたいだった。

「ちょっと待ってくれ！　上に聞いてくる」

「はい！　よろしくお願いします！」

ここはもう待つしかない。

「羅羅、座ってくれる？　時間かかりそうだしさ」

「……人間の町というのは面倒なものよのぅ。いざとなれば我が柵を飛び越えて……」

「だめ。それは絶対だめだからねっ！」

そんなことをされたら冒険者になるどころではないではないか。穏便に町に入れたらいいなと思いながら、俺は故郷の村で稼いだ銅貨を数えた。

……俺の小遣い程度で入れるかな？

# 第三章　冒険者登録とインコのピーちゃん

## 8. 待機するニワトリスたちと町に着いた俺

門番が門の前で待っていた人たちを全て捌《さば》いた後（みんな許可を得て逃げるように門の中へ入っていった）、なんか偉そうな人が出てきた。ヒゲがとても立派である（別にピンと立っているわけではないがそう見えた）。

やっぱ魔物を町に入れるって大事《おおごと》なんだなと理解する。

でも冒険者にはなりたいし（冒険者証も欲しいし、従魔登録もしたい）。

俺は羅羅《ルオルオ》に乗ったままだし、クロちゃんを前だっこして、後ろにはシロちゃんが乗っているという状態だ。態度としてはどうなんだとは思うが、ここで下手《へた》にうちの魔物たちから離れて攻撃されたりしたらもっと困る。クロちゃんは時折身体を揺らすから、その都度抱き直す。もふもふ超気持ちいい。

「オトカー」

と嬉《うれ》しそうに定期的に呼んでくれるのがかわいい。語尾にハートとか音符とかついてそうだ。シロちゃんは後ろから俺にすりすりしている。俺からくっつくとつつかれたりすることも多いんだけど、自分からはいいらしい。もー、このツンデレ女子めー。

って今はそんな状況じゃないんだって。偉そうな人がこちらに向かって一歩前に出る。

「少年よ！　その魔物は人に危害を加えないか!?」

朗々とした声だった。

「僕に危害を加えようとしなければ大丈夫です！」

さすがに絶対に危害を加えないとは言えないから、正直に答えた。

「わかった。キタキタ町は少年たちを迎え入れよう！」

「ありがとうございます！」

偉そうな人の側《そば》にいた護衛や門番が驚いたような顔をする。でもここで押し問答してもしょうがないし。それは偉そうな人もそう思ったんだろう。

なにせ魔物が一頭と二羽だ。入れないと言って暴れられたりしたら困るだろう。

手招きされたので羅羅に動いてもらった。門の前には兜《かぶと》を被《かぶ》り、革鎧《かわよろい》を着けた人たちが集まってとても物々しい状況になっている。いきなり攻撃とかされないといいなとひやひやしたけど、さすがにそんなことはなかった。

「私はキタキタ町の防衛隊の隊長であるバラヌンフという。ニシ村から来たと言ったが、ニシ村にはブルータイガーが生息しているのだろうか？」

正確にはニシ村の方角からだけど、ナカ村と言ってもわからないだろうからそれはいいだろう。

「ええと、僕がこのブルータイガーと知り合ったのはニシ村で間違いありませんが、ニシ村では今まで見たことがなかったと聞いています」

「そうか……私もタイガーの存在は聞いているがブルータイガーがいるとは聞いたことがない。もしかしたら変異種なのかもしれんな……」

バラヌンフさんは呟《つぶや》くように言った。やっぱ青虎《せいこ》は聞かないみたいだ。少なくともこの辺りでは。

「それで、少年はまだ冒険者にはなっていないんだな？」

「はい、冒険者ギルドがあるのはこちらの町だと聞いて来たんです。この子たちの従魔登録もしたいので」

「従魔登録については誰に聞いたのかね？」

「ニシ村と、あと先ほどアイアンという冒険者パーティーの方に会って教えていただきました」

「ああ、アイアンか。わかった。ではもう少し待っていてもらえるかな？　おい、少年たちをそこの詰所に案内しろ」

キュウさんが自分で言っていたように、アイアンはそれなりに名の知れた冒険者パーティーだったみたいだ。内心ほっとする。

「は、はいっ！」

ちょうど門を閉める時間だったみたいで、俺たちが門から中に入ると門番が門を閉じた。そして門のすぐ横にある建物に案内された。俺たちは羅羅に乗ったままだ。礼儀うんぬんを考えたら降りた方がいいのはわかっているが、ここの人たちがまだ敵か味方かわからないうちはどうにも行動できない。

詰所の中は狭かった。羅羅が入る為《ため》に机と椅子を端に動かしてもらったぐらいである。

「……す、すみませんがこちらでお待ちを……」

「あ、おかまいなく……」

門番の人もびくびくしている。やっぱり羅羅が怖いんだろうなぁ。気持ちはわかる。

羅羅は詰所に入るとあくびをして伏せた。俺はその上でクロちゃんをだっこしているだけで癒される。後ろにいるシロちゃんが、「マダー？」と身体《からだ》を揺らしながら聞いた。

「シロちゃん、もう少し待っててねー」

「オソイー」

「もう少しだよー」

シロちゃんが俺の背中をつんつんつつく。

「痛いってばー」

部屋の隅で小さくなっている門番が呟いた。

「……しゃべった……」

あれ？　ニワトリスがしゃべるって知らないのかな？　この辺りってニワトリスはいないのか？　そんなことを考えていたらバラヌンフさんが扉をノックして入ってきた。扉が開いていたからすぐにわかった。密室で魔物といいたくないよね。

「ご苦労だった。もう帰ってもいいぞ」

「はっ、ありがとうございます」

バラヌンフさんは一人ではなかった。後ろから杖《つえ》を持った人も入ってきた。バラヌンフさんより細身で神経質そうな男性だった。顔立ちは整っている。多分魔法師さんなのかな？　前世で読んでたラノベに出てきた魔法師さんと似たようなかんじである。魔法師さんて、顔整っている人多いよなー。なんでだ？

そして部屋にいた門番に声をかけた。門番は顔をひきつらせながら敬礼し、部屋を出ていった。お疲れ様だ。

「待たせてすまなかった」

「いえ……」

「彼はチャムという。防衛隊の魔法師だ。魔道具の管理なども彼が行っている為連れてきた」

「？　魔道具、ですか？」

魔道具ってなんだろうと思う。具体的に物がわからない。うちの村で魔道具を使っている家なんかあったかな？

「み、水をお持ちしました……」

門番ではない少年が震えながら水を運んできた。ごめんねえと思ってしまう。

チャムさんがお盆を受け取り、少年を下がらせる。

そうして机に置いた。

「少年も飲んでくれ」

「ありがとうございます」

木のコップを受け取る。うん、無臭だ。確認してから飲んだ。……何も入っていない。よかった。

「……少年は、慎重なのかそうでないのかわからんな」

バラヌンフさんが苦笑した。さすがにここで状態異常無効持ちとは伝えない方がいいだろう。

「まぁいい。本来ならば自分で冒険者ギルドに行って登録してもらうんだが、今回は危険な魔物たちもいるから例外的措置を取らせてもらいたい。ここで冒険者登録と従魔登録を行ってもらいたいのだがいいかな？」

「えっ？　いいんですか？」

羅羅が恐ろしいせいなんだろうけど、随分破格だなと思った。でも気は抜かないでおく。

まだ町の入口を入っただけだ。

「このまま君たちが町に入る方が問題だ。まず少年の登録から始めよう」

「お名前を教えてください」

チャムさんが口を開いた。

「オトカです」

「出身は、ニシ村でよろしいですか？」

「あの……出身地を登録することでなにかあります？　もし村に迷惑がかかるようなことがあったらと、思ってしまうんですが……」

そう尋ねると、二人は目を見開いた。

「特にはないが……まぁいい。ならばキタキタ町にしておこう」

「よろしいので？」

「聡明《そうめい》な少年だ。問題あるまい」

二人のやりとりをじっと聞く。俺の出身地はキタキタ町ということになったみたいでほっとした。

「ではこの板に手を置いてください。冒険者証を作ります」

「はい」

俺の手のひらよりも一回り大きい板に手を置く。これらの作業も羅羅の上に乗ったままで行った。

今更だけどホント俺ってば態度が悪い。

チャムさんが、「オトカ、キタキタ町を登録する」と言った。

板が即座に縮み、俺の手のひらに収まるサイズになった。

「オトカさん、これで貴方《あなた》はＦランクの冒険者になりました。おめでとうございます」

「ありがとうございます」

板には俺の名前が確かに刻まれていた。それ以外はたぶんこれがキタキタ町って書いてあるんだなとか、これがFランク冒険者というのを表しているんだなということぐらいしかわからなかった。字を学べる場所とか、そういう本ってないかなぁ。

「では次に従魔登録を行います」

チャムさんはそう言って、三つの茶色い首輪を出した。

ええって思った。

「首輪、を付けるんですか？」

「これには遠くからでも見える効果がありますので、これを付けていればすぐに従魔だとわかります」

それは便利だとは思うけど、首輪の効果がとても気になる。

「教えてください。これは簡単に外すことはできますか？」

「管理者は冒険者ギルドになりますので、ギルドの職員に言えば外すことは可能です。ですが魔物ですので、外した後の責任は取れません」

確かに魔物は魔物だ。外した途端狩られてしまう危険性もあるってことなんだろう。うちの子たちは多分狩られたりはしないだろうけど。

「その首輪の効果を教えてください。従魔登録をする以外に何か魔法がかかっていたりしますか？」

チャムさんは困ったような顔をした。言えない効果があるのは困るんだが？

「それには首輪を付けた者への登録以外に、強制の魔法がかかっている」

バラヌンフさんが答えてくれた。チャムさんが慌てた様子を見せる。

「隊長！」

「隠してもいいことはないぞ。強制の魔法とは、首輪を付けた持ち主の言うことを絶対的に聞くというものだ。だが、ブルータイガーやニワトリスに効果があるかどうかはわからない。従魔と言っても普通手懐《てなず》けられるのはもっと小さく弱い魔物だからな」

「ああ……」

確かにそれはそうだろう。

「だからこそこの首輪を付けてもらわなければ困る。強制の魔法は効かないかもしれないが、これを付けているだけで町の者たちは安心する。それから、私たちの目の前で〝人に危害を加えたり襲ったりしないという約束〟をさせてほしい。これが少年たちを町に入れる条件だ」

……うん、バラヌンフさんは誠実だ。町の治安についても考えているんだろう。

「わかりました」

強制ということはおそらく状態異常だろう。それならば俺が無効化させることはできる。なんとなく、首輪に俺が触れた時点で強制の魔法は解除されてしまう気がするが、それはもうしょうがないことだろう。

「羅羅、シロちゃん、クロちゃん、この首輪付けてもいいかな」

「かまわぬ」

「イイヨー」

「オトカー」

クロちゃんや、俺には首輪は付けないよ？

そうして快くＯＫしてもらえたので首輪を付けさせてもらい、「人に危害を加えたり襲ったりしない」という約束をさせた。

実際にはただの口約束だけど、ちゃんと言った方がいいし。

バラヌンフさんは軽く嘆息し、チャムさんは明らかにほっとした顔を見せた。そしてチャムさんが一頭と二羽を俺の冒険者証に従魔登録してくれた。よかったよかった。

そうしてやっと俺たちはキタキタ町に入れることになった。

表へ出るともう夕方だ。これから宿を探さなければならないのかと考えたらげんなりする。

「すみません、あのー……従魔も泊まれる場所がいいんですけど、これで泊まることができる宿屋ってありますか？」

振り返り、バラヌンフさんとチャムさんに今まで貯《た》めた銅貨を見せて聞いてみた。自分のお金で宿に泊まったことなんてないから、いくらかかるのか見当もつかない。泊まれないとなるとこの詰所の横で野宿するしかないかなってかんじだ。それでも町の防壁に沿って寝れば少しは風除《よ》けになりそう。頼めば羅羅が一時的に壁を作ってくれるかもしれないし。って、俺野宿に慣れすぎ。

「……うーん、これだけだとかなり厳しいな。売れる物はあるか？」

「肉とか、薬草は持ってますけど」

「肉とは魔物の肉ですか？」

チャムさんが食いついてきた。ちょっと怖い。

「は、はい。うちの子たちが狩ったんですが……」

「それは素晴らしい。でもそのリュックに入っている分だけですよね……」

チャムさんは残念そうに俺が背負っているリュックを眺めた。どうやらチャムさんは魔物の肉が食べたいみたいだ。俺は羅羅と顔を見合わせた（さすがにもう羅羅からは降りた）。そして俺にぴっとりとくっついているクロちゃんを見る。後ろにはシロちゃんがくっついている。降りてからも二羽は俺から離れなかった。もふもふ暖かい。

「えーと、魔物の肉を分けたら宿に泊まれますか？」

「ああ、安い宿なら飯付きで一泊はできるだろうな。もちろん魔物の種類にもよるんだが」

冒険者になったんだからアイテムボックスをニワトリスが持ってるってことぐらいは伝えてもいいか。俺が持ってるとは知られたくないけど。

「ええとですね……ニワトリスがアイテムボックス持ちってことはご存知《ぞんじ》ですか？」

「何ぃ!?」

「ええっ⁉」

バラヌンフさんの声が大きい。チャムさんもこれ以上ないってぐらい目を見開いている。

あれ？　やっぱ知らないかんじ？

それもそうか。ニワトリスって卵が貴重でたびたび討伐とか卵取りの依頼は出されてるらしいけど、飼いならすことはできないって言われてるもんな（俺がいた村でもそう聞いたし、ニシ村でも雑談で教えてもらった）。

「そ、それは初耳だ……と、とんでもない情報だが、本当か？」

バラヌンフさんが信じられないという顔をしている。魔物のことってみんな知らないものだな。

「はい。けっこう自在に出し入れしていますよ。クロちゃん、ユーの実を出してもらっていい？」

「オトカー」

クロちゃんが嬉しそうに俺の名前を呼ぶと、バラバラとユーの実が落ちた。それもクロちゃんのすぐ目の前で。

「こ、これは……すごい発見だ。しかしニワトリスを飼うことができるなど聞いたことがない」

バラヌンフさんがぶつぶつと呟く。

ユーの実を拾い、またクロちゃんにしまってもらった。

「僕はこの子たちがヒナの時にヘビから助けたんです。それでこうやって懐いてくれていますけど、普通は懐かないとは聞いてますね」

「……それは間違いないな。よしわかった！　今夜はうちに泊まるといい」

バラヌンフさんが笑顔で言う。

「ありがとうございます！」

アイテムボックス情報で一晩の宿ゲット〜。

「隊長、ずるいですよ！　私も参ります！」

「なんでお前まで泊めなきゃならんのだ！」

「魔物の肉が見たいし食べたいじゃないですか！　なんだったら買い取りますし！」

バラヌンフさんとチャムさんの言い争いが始まってしまった。どうしようかなーと思っていたら、シロちゃんがクケエエエッ！　と威嚇を使ってしまった。

これは――……人に危害を加えたことには入らないの、かな？　まぁ直接攻撃してたわけじゃないから大丈夫だろう。うん、きっと。

さすがにシロちゃんを窘《たしな》めた。

「シロちゃん、つまんないのはわかるけど威嚇しちゃだめでしょ。ちゃんと二人にごめんなさいしてね」

「……ゴメンー」

シロちゃんはコキャッと首を傾《かし》げ、二人に謝った。うん、うちの子はいい子だ。

ニワトリスに謝られたことと三十秒も身体が動かなかったせいか、二人は冷静になったらしい。

「……やはりニワトリスは怖いな」

「……そうですね。お見苦しいところを……」

今夜はバラヌンフさんのところに泊まることになり、明日はチャムさんの家に泊まることになってしまった。ただで泊めてもらえるのはラッキーだ。二晩の宿代が浮いた。素晴らしい。

バラヌンフさんはまだ少し仕事が残っているというので、一度また詰所の中に戻り待っていることになった。

「隊長の家に向かわれるのはいいですが、その前にちょっと……」

チャムさんに小さい声で話しかけられた。

「……なんでしょうか？」

「……君、ここに来た時魔法を使ったでしょう？」

「……えっ？」

「首輪のことが気になったのかもしれませんが、世の中には私のように魔力の流れがわかる者もいます。何も言わずに魔法を使うと攻撃されてしまう危険性もありますから気を付けてくださいね。使った魔法の種類はわかりませんでしたが、鑑定魔法ですかね？」

冷や汗がだらだら流れた。そっか、確かに魔法を使ったことがわかる人もいるんだな。これからは気を付けよう。

「……そうです」

「なんと出ていましたか？」

「首輪には……契約魔法と、強制魔法、それから鍵の魔法と出ていました」

「素晴らしいですね。それぞれの効果はわかりますか？」

「……名前しかわかりませんでした」

さすがにここは嘘《うそ》を吐《つ》く。本当は詳細まで見えた。気になっていた強制魔法は状態異常魔法の一種だったから、俺が手に持った時点で解除されている。だから予想した通り俺はただみんなにお願いしただけだ。

ただ首輪自体に強制魔法がかけられているから、それを付けられた従魔の強制魔法が解除されていることはわかりづらいだろう。

契約魔法は文字通りだ。俺の従魔として羅羅とニワトリスたちが契約した形である。従魔契約をすると従魔となったものたちは俺の命を奪うような攻撃ができなくなるらしい。つつくのは、まぁいいのかな？　でも麻痺《まひ》ったら普通死ぬよな……。考えたら負けかもしれない。

鍵の魔法もそのままだ。冒険者ギルドの人間でなければ従魔の首輪は外せないことになっている。強制魔法が無効化されているから外さなくてもいいけれど。

「そうですか。でも鑑定魔法持ちというのは珍しいですから、もし冒険者としてやっていけなくなっても就職先には困りませんよ。よかったですね」

「……珍しいものなんですか？」

退屈なのか、ぎうぎうくっついてくるシロちゃんとクロちゃんをもふもふなでなでさせてもらっている。こうしてるとニワトリスってすっごくかわいいよなー。ああ、幸せ。

「珍しいですね。おそらく百人に一人もいないでしょう。ですから鑑定魔法持ちは引く手あまたですよ」

「それならよかった」

仕事が得られるというのは大事だ。

「……それにしても、タイガーもニワトリスも大人しいですね。本来ものすごく凶暴で人を襲う魔物のはずですが……」

チャムさんが感心したように言った。

「僕はよくわからないんですけど、どちらの方がより恐れられているんですか？」

「どちらも恐ろしい魔物ですが、タイガーの方が怖いです。でかいですから」

「ああ、確かに……」

でかいってそれだけで怖いかも。羅羅はフンッと鼻を鳴らす。チャムさんがそれにビクッとした。

早くバラヌンフさんが戻ってきてくれないかなと思った。

そうだ、今のうちに町のことを少し聞いておこう。

「あのう、僕村を出てきたばかりでいろいろ知らないことが多いんですが、教えてもらうことってできますか？」

「いいですよ。何が知りたいですか？」

店とか冒険者ギルドの位置はバラヌンフさんに聞くとして、防衛隊の人しか持っていなそうな情報ってなんだろう。

あ、そうだ。

「ええと、僕の従魔のブルータイガーって全然見ない魔物だっていうじゃないですか？　例えば、見慣れない魔物がこの辺りで見つかったとか、動物とか魔物に関する情報をいただけるとありがたいです」

「ふうん？　オトカ君は面白いですね」

チャムさんは興味深そうに呟いた。だって、他に羅羅みたいな魔物がいたら仲間にはしないまでも狩らないように注意することはできるだろうと思ったのだ。

「そうですね。動物や魔物に関してというと……珍しい魔物を探している厄介な領主はいますが、隣の領地の領主なのでここには影響はないかと。ただ……最近この町で誰かが飼っている動物が行方不明になっているなんて話は聞いています。オトカ君の従魔は大丈夫でしょうが、気を付けてくださいね」

「わかりました。ありがとうございます」

飼っている動物が行方不明になるのはままあることだ。でもここでチャムさんが教えてくれたってことは、一件二件の話ではないかもしれない。どう対策したらいいのかわからないけど、できるだけ気を付けよう。

バラヌンフさんにも後で詳しく聞いてみることにしよう。

そうして待っていると、バラヌンフさんが戻ってきてくれた。

「待たせて悪かったな。隊長ともなると書類仕事もあってなー」

「そうなんですね。よろしくお願いします」

書類仕事は嫌だけど、それができるってことは言葉の読み書きが普通にできるってことだよな。どっかで学べないものだろうかと考えてしまう。

チャムさんに、「明日は絶対泊まりに来てくださいね！　おいしい料理をごちそうしますから！」と念を押されてしまった。どんだけ魔物の肉が食べたいんだろうな。……うまいから食べたいか。

魔物って一般的にでかい個体の肉はうまかったりする。ボアとワイルドボアは違う個体らしいけど。ワイルドボアの肉うまいよなー。羅羅曰《いわ》くけっこう倒しやすいらしい。俺？　倒せるわけないだろ。毛ぇ抜いてもらってどうにか解体できるぐらいだ。

再び詰所を出ると、辺りはすでに暗くなっていた。

今日はバラヌンフさんの家にご厄介になる。俺の前を羅羅が歩く。バラヌンフさんのすぐ横だ。彼はさすがに顔をひきつらせていた。すみません、うちの青虎が怖くてすみません（俺は何を謝っているのか）。

バラヌンフさんの家は町の中ほどにあった。途中会う人会う人に足を止められる。でも首輪はしっかり見えるらしく混乱は起きなかった。首輪に何か魔法がかかっているわけではないから、きっとそういう素材を使っているのだろう。付与された魔法の方にばかり目がいって素材の方は見ていなかった。後でそれについても鑑定してみよう。

「ちょっと待っててくれ」

バラヌンフさんの家はそれなりに大きかったけど、屋敷というほどではない。でも俺の家に比べればはるかにでかい。たぶん日本で言うところの六十坪ぐらいだろうか。日本の都市部の家よりは広いかんじだった（個人の感想です）。

彼は家に入ると、家の人に何やら話してから俺たちを手招きした。

「少年が先で頼む」

「はい。お邪魔します」

先に、と言われたからなのか俺の前にいたクロちゃんはくっついたまま離れずに、ののののと俺の身体に沿って後ろに移動した。なんだこのかわいい動き。その後ろに羅羅とシロちゃんである。俺に何かあったらすぐに前へ出られるようにしているのだろう。ホント、守られてるよなーと思う。

「こちらの少年を一晩泊めることにした。従えている魔物は従魔登録をしているから安全だが、魔物には違いないので少年の許可を取ってから近寄るようにしなさい」

「まぁ……」

「はーい！」

「はーい！」

「お世話になります」

バラヌンフさんちは四人家族だった。奥さんと、俺と同じぐらいの歳の男の子と、それより二つ三つ下ぐらいの女の子がいた。いきなり触られたりしたらうちの子たちが驚いてしまうだろうから、バラヌンフさんから伝えてもらえたのは助かった。つっても相手は子どもだから何をするかわかんなくてちょっと怖いんだけど（お前も子どもだろうって？　ほっとけ）。

「初めまして、オトカといいます。今日はタイガー、ニワトリスたちと一晩お世話になります。よろしくお願いします」

そう言って挨拶をすると、奥さんは驚いたように目を見開いた。

「……まぁどうもご丁寧に……」

「一晩の宿代になるかどうかわからないのですが……」

後ろにもふっとくっついているクロちゃんに、俺の横に来てもらう。

そして自分のアイテムボックスから魔物の肉を取り出した。まるでクロちゃんが出してくれたように。

「すっげー！　魔法だー！」

それを見ていた男の子がたまらず声を発した。

「これっ」

奥さんが男の子を窘める。

「えーと……」

取り出した肉に鑑定魔法をかける。ブラックディアーの肉と出てきた。黒いシカ？　そんな魔物もいるんだな。解体されてるとどれがどれだかわからない。ボアの肉は見慣れているからわかるんだけどそれ以外は不明だ。アイテムボックスから取り出す時はけっこういい加減だ。物を思い浮かべて出す時もあれば、ただ肉、とだけ考えて出てくる時もある。何が入ってたっけ？　と思うと入れた物の映像が頭に浮かんでくる。なんともファジーだ。

「これ、ブラックディアーの肉なんですけど……お口に合うかどうか……」

「ブラックディアーですって!?」

奥さんがすっとんきょうな声を上げた。

あれ？　俺なんかだめなやつ出しちゃったかな？

ちなみに、お世話になるのでお礼に肉をあげるということは羅羅とニワトリスたちも承知している。明日はシロちゃんのアイテムボックスに入っている獲物を解体しにいく約束をしたからだ。町に着いていきなり冒険者になってしまった俺だが、明日には絶対冒険者ギルドへ行くつもりである。シロちゃんからの圧が強い。

「ブラックディアーか……さすがはタイガーとニワトリスだなぁ」

バラヌンフさんが苦笑した。奥さんは困っているようだったけど、「泊めるお礼だとよ。受け取ってやってくれ」とバラヌンフさんに言われてためらいながらも受け取ってくれた。俺としても受け取ってもらえてほっとした。

そして奥さんが調理してくれたブラックディアーのステーキは絶品だった。

「……こりゃあ、なんかお返しをしなきゃいけねぇなぁ……」

バラヌンフさんが呟く。

「こんなうまい肉初めて食べた！」

「おかわり！」

子どもたちは猫まっしぐら状態だった。

俺も料理を習えばこれぐらいうまく作れるようになるだろうか。料理の可能性についてちょっと考えてしまった。

羅羅とニワトリスたちには生肉を適当にあげた。家の中を汚すとまずいので庭を借りる。んで、食べ終えてから浄化魔法をかけたので庭もキレイになったはずだ。明日の朝改めて確認しよう。

バラヌンフさんには気になったことを尋ねて教えてもらった。やはりブルータイガーという個体は今まで見たことも聞いたこともないらしい。普通のタイガーは黄色に黒の縞《しま》っぽい模様だと。これは元の世界の虎と一緒だな。色が違うということで、みな必要以上に恐れたのだろうと聞いて納得した。ただ北の山の魔物にはホワイトサーベルタイガーというのがいるそうだ。北の山からはめったに出てこないので、依頼や被害がない限りは手を出さないという。

羅羅は気になった様子だったが、ホワイトサーベルタイガーがとんでもなく強いと聞いて考えてしまったみたいだ。それは羅羅より強い相手かどうかという力試し的なものなのだろうか。それとも同じ虎系と聞いて気になるだけなのか、その場では確認できなかった。

チャムさんから聞いた、動物が行方不明になっているという話についても尋ねてみた。

「チャムが話したのか？　全くアイツは……」

バラヌンフさんはため息をついた。もしかしたらあまりしゃべっていい話ではなかったのかもしれない。でも聞かなかったことにする気はなかった。

動物たちが行方不明になっているとわざわざ教えてくれたってことは、そういうことが増えている証拠だ。

「基本ペット捜しなんてのは冒険者ギルドに依頼するもんなんだが、ちょっと珍しいペットが行方不明になったから防衛隊でも注意して捜してほしいなんて依頼があったんだ。そのペットは通りを二本挟んだ先で誰かが餌付けをしようとしていたからそのまま回収してきたんだが……。子どもたちの友人の家でもそういうことがあったらしくてな。少年の従魔が攫《さら》われるということはないだろうが、気に留めておいた方がいいだろう」

「わかりました。ありがとうございます」

餌付けって。誘拐する気満々だったのか、それともただの好奇心か。判断が難しいところだなと思った。

そうして客間を借り、俺はやっと快適に寝ることができたのである。

ベッドにはクロちゃんシロちゃんも上ってきたからけっこう狭かった。でも二羽に抱き着いて寝るのが気持ちいいから、それに勝る幸せはないと思ったのだった。


子どもたちは肉に夢中だったせいか、夜の内は俺の従魔たちにそれほど興味は示さなかった。でも朝、居間に顔を出したら子どもたちの目がキラキラしていた。手がわきわきしているのがわかって、どうしようかと思う。

もふもふは魅力だよなぁ。

「おはようございます。うちの魔物たちに餌をあげたいので庭をお借りしますね」

敢《あ》えて〝魔物〟という言葉を強調した。うちの子たちはペットではないのだ。

「ああ、わかった。終わったら声をかけてくれ」

バラヌンフさんは頷《うなず》いた。しかし子どもたちは我慢ができなかったらしい。

「あのっ、餌って俺もあげてもいいかな？」

「私もあげたいっ！」

……これは困ったぞ。バラヌンフさんを窺《うかが》う。

「やめなさい。少年が困っているだろう。ブルータイガーもニワトリスもペットじゃない。魔物なんだぞ？　勝手なことをすればお前たちの方が餌になってしまうんだ」

さすが町の防衛隊隊長、よくわかっていらっしゃる。

「羅羅、シロちゃんクロちゃん行こう」

「返事っ、聞いてないっ！」

男の子の方は納得がいかなかったらしい。再度俺に声をかけてきた。

俺の服を摑《つか》まなかっただけえらいとは思う。

「……お父さんの言う通り、魔物だから僕以外には懐かないんだ。餌なんてあげようとしたら君たちも食べられてしまうかもしれない。だからごめんね」

男の子は不満そうだったが、「……わかった」と言って引き下がった。女の子の方もお兄ちゃんが諦めたせいかそれ以上何も言わなくなった。よかったとほっとした。

うちの兄妹《きょうだい》もこれぐらい聞き分けがよかったら……と考えても詮無いことだ。現に俺は遠く離れた町にいるし。

庭ですでに解体済みの魔物の肉を朝ごはんとして出した。卵は朝ニワトリスたちが客間で産んでくれたのを回収してある。その際にベッドを汚してしまったから浄化魔法もかけてきた。浄化魔法って本当に便利だよな。

さて、羅羅とニワトリスたちが肉をこれでもかと食べてから庭を片付けて、居間に戻った。

「庭を貸していただきありがとうございました」

「いいのよ～。それにしてもオトカ君って本当に礼儀正しいわねぇ。どこかいいところのお坊ちゃんなのかしら？　うちの子たちにも見習わせたいわ」

「いえ、僕は貧しい村の出身です。読み書きもできません」

奥さんに言われてとんでもないと手を振った。

「まぁそうなの？　ここでも読み書きができない子は多いけどねぇ」

「そうなんですか？」

町だから学校みたいなところがあるのかなと思っていたけど、そうでもないみたいだ。

バラヌンフさんに聞いたら、八歳で教会に能力を見てもらった後、特定の職業に就きたい者は寺子屋のようなところに通ったりするらしい。もしくは直接その職業の店に修業に行ったりするので識字率はそれほど高くないようだ。

でもさすがは町だなと思う。うちの村には寺子屋みたいなところってなかったし。ただ寺子屋だと、読み書きは学べるかもしれないけど、本当になりたい職業特化になるからやっぱりいろんなことが学べるわけではないんだよな。俺が考えている寺子屋ならばってことだけどさ。

俺が朝ごはんをいただいている間、俺の椅子の後ろにはクロちゃんがぴっとりとくっついていた。その後ろに羅羅が横たわっており、羅羅の上にシロちゃんがまふっと座って待っていてくれる。

朝食には、硬めのパンとスープ、そして昨日渡したブラックディアーの肉をイモと炒《いた》めた料理が出てきた。このイモ、ジャガイモっぽいけどなんかちょっと味わいが違うんだよな。でもうまい。

「少年、肉を分けてくれてありがとな。朝からこんなにうまい肉が食えるなんて幸せだ」

「そうねぇ、オトカ君。いつでも泊まってくれてかまわないからね」

奥さんは現金だ。でもそれぐらいの方が気が楽でいい。

「魔物の肉なんて高くてなかなか手に入らないし……」

そういうものらしい。

子どもたちも魔物の肉に夢中だが、まだ諦めきれないらしくてちらちらと視線をこちらに向けてくる。それもニワトリスの方にだ。

どうしたもんか。

俺はペットにだって勝手に触ってはいけないと思っているし、許可を取ったにしろ優しく扱ってもらえなければ困る。ニワトリスはもっふもふで見た目はかわいいけど凶暴だ。ちょっと気に食わなければすぐつつく。

そのつつきが問題なのだ。すぐに麻痺するわけではないが、何回かつつかれると麻痺してしまう。さすがに人様の子をそんな目に遭わせるわけにはいかない。

となると、恐れられている羅羅はどうだろう。

でかいということもあるが、タイガーはかなり恐れられている魔物のようだ。北の山にはホワイトサーベルタイガーもいるみたいだし。

でもなぁ、うちの羅羅は人に危害を加えない方向でいろいろ考えてたみたいだから、ニワトリスよりは穏やかなんだよな。

ニワトリスは羅羅よりも小さく見えるし、俺にぴっとりくっついているから触れそうと思ったのかもしれない。ここはニワトリスから気を逸《そ》らさせる為にも羅羅に頼むか。

「羅羅はさ、誰かに触られるのって平気？」

「うん？　危害を加えられるのでなければかまわぬぞ」

「そうなんだ？　じゃあ、バラヌンフさんのご家族が触りたいって言ったら触らせてくれるかな」

「よいぞ」

「えっ？　いいの!?」

真っ先に反応したのは男の子の方だった。俺は両手を目の前に上げて制す。

「触ってもいいけど、まず手をよく洗って。それから羅羅に聞いて許可を取ってね。優しく、少しの間だけ触るようにして。あんまり長いと怒るかもしれないから。ニワトリスは羅羅よりも怖いから触っちゃだめ」

「わ、わかった……」

「わかりました……」

子どもたちは急いで手を洗いに行った。バラヌンフさんが苦笑する。

「少年、ありがとな。でもブルータイガーは触っていいもんなのか？」

「うちの羅羅はニワトリスより穏やかなんです。ニワトリスだとちょっと気に食わないことがあるとすぐつつきますし。ニワトリスに危害を加える気がなくてもそっちの被害の方が怖いです」

「ああ……ニワトリスにつつかれると麻痺するんだよな。状態異常を解除できる奴《やつ》なんてそうそういないから、けっこう困るんだ」

「やっぱり、そうなんですね」

生まれつき状態異常無効化がある（たぶん生まれつきだと思う）俺としては意外に思うけれども。

「能力的に地味だからどれぐらいの者が持ってるかも把握できてないんだよ。教会が積極的に雇用してるから、状態異常になったらまず教会に運んだ方が早い。……金はかかるがな」

「教会でお金取るんですね」

まぁ金がないと生きていけないからそれはしょうがないんだろうけど。

「お布施と奴らは言ってるがな。状態異常を解除できる魔法を持ってる者が少ないせいか一回の解除にけっこう金がかかる。毒だけなら薬師から毒消しを買えばいいんだが、麻痺とかの状態異常はどうにもならん。だから俺は、そこのブルータイガーよりもニワトリスの方が怖いとは思ってるよ」

「ですね」

「手ぇ洗ったよ！」

「私も！」

子どもたちが戻ってきた。そして羅羅の前でガチガチに緊張しながら触っていいかどうかお伺いを立てた。羅羅は「かまわぬ」と許可した。

シロちゃんが羅羅の上からどき、俺の横にぴとっとくっつく。ああもうかわいいなぁ！

子どもたちはそーっとそーっと羅羅を撫《な》でた。

「うわぁ……ふかふかだ」

「気持ちいいー」

二人ともにこにこで少しの間羅羅を撫でた。羅羅も穏やかな顔をしていたから、嫌ではなかっただろう。

終わってから、「主《あるじ》よ、昨日狩った魔物を是非解体していただきたい」とねだられてしまったが。

だから今日冒険者ギルドに行くって言ったじゃん。

さすがに苦笑した。

「そういえば冒険者ギルドに行くんだったな。送っていこう。こちらで冒険者登録をしたからその報告もしないといかん」

「バラヌンフさん、なにからなにまでありがとうございます。お世話になりました」

「あら、今夜は泊まらないの？」

奥さんに首を傾げられてしまった。

「今夜はチャムさんのところへ泊まることになっています」

「あらぁ、取られちゃったわね」

魔物の肉のことだろうか。とりあえず魔物の肉さえあれば泊まるところに困らないということが

わかった。

羅羅とニワトリスさまさまである。

シロちゃんがなんか気に食わないらしくつんつんと俺をつっついた。

「こーら、つついちゃだめだろー」

なでなでしてシロちゃんを宥《なだ》める。クロちゃんが自分も撫でてというように頭をぐりぐりと押し付けてきた。一緒になでなでする。ああもううちのニワトリスってば最高！

バラヌンフさんの家族に盛大に見送られて、俺はバラヌンフさんと共にやっと冒険者ギルドへ向かうことになったのだった。

## 9．従魔になったニワトリスたちと冒険者ギルドへ向かう俺

しばらく歩くとバラヌンフさんは、俺に羅羅の背に乗るように言った。羅羅の背に乗って前にクロちゃんを、後ろにシロちゃんを乗せた状態がいいらしい。

どうしてかというと、その方が俺の従魔だというアピールになるからだそうだ。

「従魔だとわかったって怖いものなんだ。だが少年が乗っていれば道行く者たちも安心するだろう？　そういうことだ」

確かにいらん混乱を避けるのは大事だ。俺も「わかりました」とそれに頷いた。

「羅羅、悪いけどまた乗せてね」

「主とシロ殿、クロ殿を乗せたところで重くなどない。乗るがいい」

羅羅は素直に伏せてくれた。

「クロちゃんは俺の前に、シロちゃんは後ろね」

「オトカー」

「ワカッター」

クロちゃんの語尾って絶対ハートとか音符が付いてるよなって思う。嬉しそうでとてもかわいい。

後ろからつんつんつつかれた。

「なーに？　シロちゃん。つついちゃだめだよー」

「オトカー」

「うん、どうしたの？」

シロちゃんは俺の名を呼んでから、俺にぴとっとくっついた。かわいい……これはこれでたまらん。

「もー、シロちゃんもクロちゃんもかわいいなー」

ついにまにましてしまう。横を歩いているバラヌンフさんが苦笑した。ハッとする。ここは往来だった。ちょっと恥ずかしい。

「少年は本当にニワトリスが好きなんだな」

「ええ、とってもかわいいですし……ヒナの時から一緒にいますからね」

「ヒナを助けたのだったか」

「はい」

ニワトリスと羅羅が俺に付き従っている理由は、詳しくバラヌンフさんに伝えてある。それを聞いたバラヌンフさんは深くため息をついた。そう簡単に従魔にできないということがわかったんだろう。

そういえばこの世界ってテイマー的な魔法ってないんだろうか。聞くのを忘れていたから、今夜チャムさんにでも聞いてみよう。

バラヌンフさんの家から体感として一キロメートルぐらいだろうか。町の真ん中辺りから西の方へ向かった通り沿いに冒険者ギルドはあった。

わかりやすく建物の看板に剣と盾が斜めに交差するようにして描かれている。これって武器屋と勘違いされないのかなとも思ってしまった。

「ここが冒険者ギルドだ。荒っぽい者が多いが、少年が絡まれることはないだろう」

「？　そうなんですか？」

「このまま入るぞ」

冒険者ギルドの入口はけっこう広かった。大型の魔物とか運び込むこともあるからなのかな？

羅羅がバラヌンフさんに付いて建物の中に足を踏み入れた（もちろん俺とニワトリスたちは乗っ

たままである)。

建物の中も思ったより広かった。入って正面に机が置かれ、その後ろに二人いる。そこがどうやら受付らしい。受付の左側にはそれなりに高さのあるテーブルと椅子がいくつか並べられ、その奥には高めのカウンターがあって、カウンターの後ろの棚に飲み物の入った瓶が並べられていた。あれはたぶん酒瓶なのだろう。ここで酒が飲めるみたいだ。

受付の右側の壁にはボードのようなものがあり、そこに紙がいくつも貼られていた。

そのボードを三人ぐらい柄の悪そうな男たちが眺めていたが、俺たちを見てギョッとしたような顔をした。受付にいた男性たちもガタタッと音を立てて椅子から立ち上がる。みなとても驚いたような顔をしていた。

「バ、バラヌンフ隊長……そ、それは……」

受付の人がおそるおそる声をかけてきた。

「ドルギはいるか？　後ろの少年たちのことで話がある」

「は、はい！　呼んでまいります！」

「上にいるならこっちから行こう。ブルータイガーは階段は上れるよな？」

「造作もない」

「しゃべった……」

「……タイガーだ……」

「本物か……？」

建物内にいた人たちがざわめく。ん？　と思った。

「ギルド長は二階にいます……」

「わかった」

バラヌンフさんは受付の左側から受付の中に入り、その後ろの階段を上り始めた。羅羅がそれに付いていく。ニワトリスたちが危なげなく羅羅の上に乗っているのがへんなかんじだ。俺は慌ててクロちゃんをぎゅっと抱きしめた。

「オトカー」

嬉しそうにクロちゃんが俺の名を呼ぶ。うちのニワトリス、やっぱかわいすぎる。

階段を上ると正面に扉があったが、バラヌンフさんは左側の扉をがんがんと叩《たた》いた。

「おい、ドルギ！　俺だ、バラヌンフだ。開けるぞ」

そう言って相手の返事を待たずに扉を開ける。そんな扱いでいいのだろうか。

「朝からうっせーな！　なんだなん……だ……」

部屋にいたのはひげもじゃのおっさんだった。頭はハゲている。もう生えてこないかんじだ。なんで頭の毛と別の場所の毛って生え方が違うんだろうな？　とかどうでもいいことを考えてしまった。

おっさんは高そうなソファに寝転がっていたようだが、バラヌンフさんが扉を開けたことで身体を起こす。そして目を見開いた。

「……おいバラヌンフ、そりゃあ、なんだ？」

「昨日町に来た少年でな。ブルータイガーとニワトリス二羽を従魔にする為に冒険者になりたいというんだ。それで詰所の方で昨夜《ゆうべ》登録したからその報告も兼ねて来た」

「……ブルータイガーとニワトリスが従魔だと？　何かの間違いじゃないのか？」

「よく見ろ」

ひげもじゃのおっさんは信じられないものを見るような目で、バラヌンフさんたちと俺たちを眺めた。

「そ、その首輪は……」

「少年が話したら素直に付けさせてくれたぞ。だから従魔登録もしてある。少年、冒険者証を出してくれるか？」

「あ、はい」

俺はカバンから昨日作ってもらった冒険者証を出した。本当はなくさないように紐《ひも》でも付けた方がいいのかもしれないな。

「おう、見せてくれ……」

ひげもじゃのおっさんがバラヌンフさんを通して俺の冒険者証を受け取る。

「……確かに。ん？　出身がこの町になってんのはどういうことだ？」

「何かあった時責任の所在を明確にする必要があるだろう。俺が後見人になるから出身はこの町でいいかと思ってな」

え？　バラヌンフさんが俺の後見人になってくれるのか？　俺何も彼の為になるようなことしてないんだけど？

「……ああ、お前が後見人なら問題ないだろ。十歳か。親はいねえのか？」

「いますけど……うちすんごく貧しい上に、僕は五人兄妹の真ん中なんです。ニワトリスもいるので冒険者になろうと思って家を出てきました」

「そりゃあまぁ……親孝行だなぁ」

父さんはともかく、母さんには少しぐらい親孝行できたならいいかな。俺はへへへと笑った。

「じゃあそのブルータイガーとニワトリスは安全なんだな？」

「……僕に危害を加えるようなことにならなければ大丈夫だと思います。一応約束もしましたし。あ、でも危害を加えるつもりはなくてもニワトリスはつつくことがあるので、あまり近寄らないようにはしてほしいです」

「ああ……ニワトリスにつつかれると麻痺しちまうからなぁ。全く厄介な嘴《くちばし》だぜ」

安全だということがわかったところで、俺はやっと羅羅から降りてバラヌンフさんと共にひげもじゃおっさんの向かいのソファに腰かけた。ソファは三人掛けぐらいの大きさがある。その間にローテーブルが置かれていた。

「おおい、湯を出せ！」

ひげもじゃのおっさんが大きな声を出すと、しばらくもしないうちに青年がやってきた。青年は部屋の中に羅羅とニワトリスたちがいるのを見て一度扉を閉めた。そしてまた開ける。

まぁ普通は見ない光景かもしれない。

「……失礼しました」

羅羅とニワトリスたちを避けるようにして、青年は俺たちの前にコップの載ったお盆を置いた。

俺の前に白湯《さゆ》の入った木のコップが置かれる。

「ありがとうございます」

礼を言うと青年は一瞬目を見開いた。

俺が座っているソファの後ろに羅羅が横たわっており、その上にクロちゃんとシロちゃんが乗ったままだ。その方が部屋がいっぱいにならなくていいとは思うけど、随分なくつろぎっぷりである。

「コイツは副ギルド長のルマンドだ。冒険者登録をしたってことはこの町でも少しは活動するつもりなんだろ？」

「はい、どんな仕事があるのかわかりませんができればお金を稼ぎたいと思っています」

ひげもじゃのおっさんは満足そうに頷いた。

「そうだろうな。従魔の飯代も稼がにゃならんだろ」

そう言われて思い出した。途端にシロちゃんが、「キルー！」と声をあげた。おっさんと青年がビクッとする。すみません、うちの子が本当にすみません。

「……ええとすみません。うちの子たちが獲物を獲《と》ってきたんですけど、こちらで解体ってできますか？」

そう、ここに来た目的はそれだったのだ。

「獲物……？」

ひげもじゃのおっさんは不思議そうな顔をした。俺たちの中で荷物を持っているのは俺だけだし、その俺も自分の荷物が入る程度のリュックしか持っていない。獲物はどこにあるんだ？　と思ったんだろうな。

「ドルギ、少年の連れているニワトリスたちはアイテムボックスたちはアイテムボックス持ちなんだそうだ。少年、獲物の数はどれぐらいあるんだ？」

バラヌンフさんが補足してくれた。アイテムボックスと聞いておっさんと副ギルド長だというルマンドさんが目を見開く。関係ないけどルマンドっておいしそうな名前だよな。甘そう。

「ええと、多分けっこう狩ってきたんじゃないかと……」

ニシ村で解体してもらった時も相当な量があった。青虎とニワトリスがタッグを組むととんでもない量の魔物を狩ってくるみたいだ。つーか、自分たちが食べきれる分だけ狩ってきてほしいものである。

「けっこうと言うと？」

「何頭もって意味です」

「なら倉庫に直接行った方がいいな。ドルギも付き合ってくれ」

「お、おう……なんか情報が多すぎてついていけねえが、俺も行くわ。ルマンドも付き合え」

おっさんが引いている。気持ちはわかる。

「……はい」

というわけでまた俺は先ほどのように羅羅の背に乗って、ギルドの裏手にある倉庫へ移動した。

その間にひげもじゃのおっさんがここのギルド長だと教えてもらった。それにしてもギルド長の名前がドルギってのはどうなんだ？　それともギルド長を務めている人の名前はみんなドルギさんなんだろうか。まさかな。

倉庫には恰幅《かっぷく》のよいおじさんが二人いた。二人ともエプロンを着けている。

「おうい、このボウズが獲物の解体を頼みたいんだとよ。やってやってくれ」

ドルギさんがその二人に声をかけた。

二人は俺たちの姿を見るといぶかしげな顔をしたが、羅羅とニワトリスたちの首輪を確認したのか、頷いた。

「で、獲物はどこだ？」

「すみません、今出します。ええと、僕ろくにお金とか持ってないんですけど、解体したものを一部買い取っていただいて解体料を払うってことは可能ですか？」

今更だけど金額は聞いておかなければいけない。

「お、ボウズはしっかりしてんな。それは全然かまわねえが……」

おじさん二人は俺たちを不思議そうに見た。俺は羅羅の背から降り、自然とくっついてくるクロちゃんの他にシロちゃんを手招きした。

「獲物ってどこで出したらいいですかね」

「……そこでいいが？」

おじさんたちからすると何を言っているのかわからないみたいだ。やっぱアイテムボックスって誰でも持ってるわけじゃないんだな。マジックバッグ的なものはあるらしいけど。でもこんな子どもがマジックバッグを持っていると思わないか。

考えるのは後だ。

少しスペースを空けてもらい、シロちゃんに頼む。

「シロちゃん、昨日狩ってきた獲物を出して」

「ハーイ」

はーい、って返事かわいいなーと思った途端、目の前にどどーんと魔物が積み上がった。

待って？

あの短時間でどんだけ狩ってきたの？

うちのニワトリスと青虎がタッグを組むと何が起きるワケ？

っていうような量がばばーんと。

ニシ村でもどうなのこれは？　って思ったけど、こうして見るととんでもないなー。

さすがにみんなあんぐりと口を開けてなかなか戻ってきてはくれなかった。

「羅羅、シロちゃん、どんだけ狩ってきたんだよー……」

「ここにあるだけだが？」

「イパーイ？」

羅羅も当たり前のように言わないでほしい。シロちゃんもかわいくコキャッと首を傾げるんじゃありません。さすがにこれは狩りすぎだろう。

つーか、どこまで走ってったらこんなに狩れるんだよ？

「こ、これをブルータイガーとニワトリスが……すごいな……」

最初に戻ってきたのはバラヌンフさんだった。

獲物の山がでかい倉庫の半分ぐらいまでの高さに積み上がるとか普通じゃない。これいったい何頭狩ってきたんだろう。

ちなみに、今回は前回の反省を生かして脱毛はしてこなかったみたいだ。ものによっては毛皮の方が貴重だって伝えたからなんだろうな。

「ええとすみません……僕が使えそうな毛皮があれば一枚取っておいてほしいのと、できれば肉は全部こちらに……毛皮と他のものは買い取りでお願いしたいんですが……。あ、でも武器とか防具に使える素材があれば一人分取っておいてほしいです」

そう伝えると、やっと大人たちは起動したみたいだった。すみません、本当にうちの従魔たちがすみません。

「オトカー、キルー?」

シロちゃんがバサバサと羽を動かしてまた首をコキャッと傾げた。かわいいけどね。すんごくかわいいけどね。

言ってることがかわいくないよー。

しかも尾がびったんびったん揺れている。危ないからやめなさい。

クロちゃんは俺にぴとっとくっついたままだ。精神を落ち着かせる為にクロちゃんを抱きしめてもふもふする。

「解体してもらうよ。だからちょっと待とうなー」

「オトカー」

クロちゃんが嬉しそうに俺の名を呼ぶ。ああもうなんてかわいいのうちの子は!(現実逃避中)

「……ブルータイガーとニワトリス、おっそろしいな」

「ですね。彼らが従魔でよかったです……」

ドルギさんとルマンドさんが呟く。

「……これを、全部解体するのか?」

エプロン姿のおじさんに聞かれた。

「はい、できましたら……」

比較的小さい個体だったら羅羅に脱毛だけしてもらって俺がどうにか解体するけど、本職じゃないからそんなにうまくはできないんだよな。できれば解体しているところを少しだけでも見学させてもらえたらいいんだけどそれは無理かな？　もちろん今日じゃなくてもいい。

「これを一度に出したってことはアイテムボックスか？　初めて見たぞ」

「さっそくやっちまうか。ボウズ、本当に肉は全部必要か？」

「はい。全部いただきたいです」

エプロン姿のおじさんたちが腕や肩を回しながら聞く。それに頷いた。

「肉に毒を含む魔物もあるんだが。このポイズンオオカミとか、ポイズンディアーとかな」

ポイズンオオカミだけじゃなくてポイズンディアーもいたのか。どんな味がするんだろう。

「コイツらは毛皮とか角は重宝されるんだが、肉は毒を含んでてとても食えたもんじゃねえ。捨てた方がいいぞ」

「教えてくれてありがとうございます。うちの従魔たちは食べますから……って、羅羅？」

ポイズンオオカミと聞いてか、羅羅の口元から涎《よだれ》が垂れた。一昨日食べさせたけどおいしかったみたいだしなー。

「主、その肉を決して捨てるでないぞ」

「大丈夫だよ……。肉は全部回収させてください。お願いします」

それに、焼けば無毒化するしな。元々俺に毒は効かないけど。

さすがに量が多いので一日仕事になるみたいだ。ニシ村と違って二人しかいないんだもんな。それでも一日で解体できてしまうのはすごいと思う。

「夕方に一度来ますので、その時までに解体できたものは受け取らせていただいてもいいですか？」

「おう、いいぞ」

「腕が鳴るぜ」

ドルギさんにアイテムボックスを持っているのはニワトリスだと解体のおじさんたちに伝えてもらい、解体についてはやっと目途がついた。

「キルー？」

シロちゃんがまたコキャッと首を傾げた。

「うん、ここのおじさんたちが明日までに全部解体してくれるってさ。その間に僕でもできる依頼がないかどうかちょっと見てみよっか」

「カルー」

シロちゃんは昨日狩った魔物が無事解体されることを確認したせいか、更にやる気を出したらしい。こら、ここで尾をぶんぶん振るんじゃありません。危ないでしょ。

「……まだまだいっぱいお肉あるじゃんかー。しばらく狩らなくていいよ。依頼とかがあれば別だけど」

そう言うとシロちゃんはショックを受けたような顔をした。

全く、うちのニワトリスはどんだけ好戦的で食いしん坊なんだよ？

「ははは、少年はもう大丈夫そうだな。じゃあ俺は行くわ。日が落ちたら詰所に来てくれ。今夜はチャムのところに泊まるんだろ？」

「はい、なにからなにまでありがとうございました！」

バラヌンフさんには本当に親切にしてもらった。俺は彼に深く頭を下げた。クロちゃんも俺を見習ってか、頭を下げるように前に動かした。

「ははっ、ニワトリスに頭を下げられる日が来るとは思わなかったよ。じゃあ少年、またな」

バラヌンフさんはわははと笑って手を振った。

「はい、またのちほど」

たぶん詰所に行けばまたバラヌンフさんに会えるだろうし。彼を見送ってからドルギさんとルマンドさんに向き直った。

「すみません、依頼の受け方とかも何も知らないので教えてもらっていいですか？」

そう尋ねると、二人は苦笑した。

「依頼を受ける前にいくつか確認をさせろ」

ギルド長であるドルギさんがずずいっと近づいてきた。でもクロちゃんガードがあるせいか必要以上に近づけないらしく圧は少ない。もふっとしながらも俺の前にいるクロちゃんガードは最強だ。

「はい、僕に答えられることでしたら」

というわけでまたギルドの二階に上がって、今度はお茶をいただきながら（従魔たちにも水をもらった）青虎とニワトリスを従魔にした経緯を話させられた。羅羅についてはたまたま言った名前が当たったということにしてある。副ギルド長のルマンドさんがそれを全部メモしていく。やっぱアイテムボックスは魅力的だもんな。気持ちはわかる。

「……そうか。やっぱニワトリスを飼いならすってのは無理があるんだな」

ドルギさんはため息をついた。

「もしヒナから育てることができたとしても、愛情表現としてのつつきは回避できないと……。麻痺を解除できる者が常に側にいないと難しいですね」

ルマンドさんも頷く。

「ボウズはニワトリスの加護とやらで状態異常が無効化されるのか。とんでもない特殊体質だな」

ドルギさんはため息をついた。

冒険者ギルドには一応守秘義務があるという話なので、俺の体質については話した。一応生まれつきではなく、状態異常無効化はニワトリスの加護ということにした（本当は生まれつきだ）。状態異常無効化も確かにとんでもないことなんだけど、俺がアイテムボックスを使えるということの方が危険な気がしたのだ。

それから、やはりこの世界には容量に制限のあるマジックバッグはあるらしい。それらはダンジョンでしか手に入らないレアな品なのだそうだ。ダンジョンと聞いて思わずわくわくしてしまった。俺もそのうち行ってみたい。

「ニワトリスの加護はニワトリスの親からか……それも難易度が高いな」

「ですね」

「一応冒険者ギルド全体で知識の共有は図るが、それで無謀な奴らが出てこないかどうかが心配だな」

「……そんなおバカさんは痛い目を見るといいと思いますよ。ただ、教会もニワトリスの確保に動くかもしれませんね。オトカ君には強力な護衛がいるから問題ないとは思いますが……くれぐれも気を付けてください」

ルマンドさんにそう言われ、礼を言った。

で、気になったことを聞いてみた。

「僕はニワトリスたちにつつかれても麻痺することはないんですけど、もし麻痺を解除する魔法を持っている人が麻痺した場合、その人が自力で解除することは可能なのでしょうか？」

「……それは、どうなんだ？」

ドルギさんがルマンドさんを見る。

「確か……麻痺を解除できるということで冒険者パーティーに参加した新人が麻痺したことがあり

ましたね。確か自力では解除できなくて教会に担ぎ込まれたかと」

「えー……」

やっぱりそういうものらしい。魔法だと心の中で唱えてもだめなのか。状態異常恐るべし、と震えた。

「そ、その方って、そのまま冒険者パーティーには……」

「さすがにクビになりました。ですが教会では積極的に状態異常を解除できる魔法を使える者を採用していますから、教会からスカウトがきたようです。その後は……特に冒険者として活動はしていないはずです」

「へえ……」

まぁ働く先があるのはいいことだよな？

俺もそういえば、能力を見てもらった教会で声をかけられたっけ。なんか彼らの目がとても怖かったことは覚えている。

「どうして教会はそんな積極的に状態異常を解除できる人材を集めているんですか？」

「えっ？　そりゃあなぁ……状態異常ってのは麻痺だけじゃねえからな。回復魔法で治らない病気も状態異常を解除する魔法で治ったりすることもあるらしいぞ。それに確か変装魔法なんかも解除しちまえるはずだ。能力的に地味だなんだと言われているが、ボウズが持ってる能力は、わかる奴らからしたら垂涎《すいぜん》の的だろうぜ？」

ドルギさんに言われて身震いした。

「ぜ、絶対にバラさないでくださいね……？」

「俺もトラブルには巻き込まれたくねえからな。それにブルータイガーとニワトリスが怖いから言わねえよ」

ほっとした。

うちの従魔さまさまである。俺の横に腰かけてもふっとしているクロちゃんをぎゅっとした。

「オトカー」

嬉しそうに俺の名を呼ぶクロちゃんが超かわいい。やっぱ語尾にハートとか音符とか付いてそうだ。

「……こう見るとかわいいですが……ニワトリスですものね」

ルマンドさんがぼそっと呟く。俺はそれに深く頷いた。

そう、ニワトリスはとてもかわいいけどその嘴は凶悪なのである。

しっかし状態異常魔法が変装魔法まで解除できるなんて知らなかった。ってことは、もしかしてスパイとか後ろめたい人を検挙するのにも役立つんじゃないか？　それは教会が積極的に雇用するというのもわかろうというものだ。

でもそれって、この国の国政に携わる人たちも知ってんのかな？

ま、そんなこと俺が考えることじゃないか。

そうしてやっと俺は階段を下り、依頼の受け方を教えてもらうことになった。

さすがに受付の人たちはうちの従魔を怖がっているので、引き続きルマンドさんに説明を頼むことになってしまった。そのうち慣れてほしいものである。

「すみません。よろしくお願いします」

「こちらこそすみません。従魔というともっと小さい魔物を連れている人はたまにいるのですが、こんなに大きな従魔を連れている人は見たことがないもので。そのうち慣れると思いますので大目に見てください」

「あ、それは大丈夫です」

申し訳ないのはこちらだ。でも羅羅もニワトリスたちも俺から全く離れる気はないらしいからしょうがない。今だって背にクロちゃんがぴっとりくっついている。かわいい。

で、依頼の受け方である。

これは俺が元の世界で読んでたラノベの描写と似通っていた。

まず受付横のボードを見て、受けたい依頼が書かれたところに付けられている木の札を取って受付へ(依頼は直接ボードにチョークのようなもので書かれていることもある為)。依頼の説明を聞き、冒険者が受ける意思を伝えれば契約完了。期限までに依頼が達成できなくても違約金などは発生しないが、三回未達成があると最低でも一週間は依頼が受けられなくなるから注意してほしいと言われた。こわっ。

話しているうちにルマンドさんの口調がフランクになってきた。ちょっと嬉しい。

「依頼にも程度というものがあるけど、簡単な依頼を受けて三回未達成だと冒険者としてやっていけないからね。その場合は一か月ぐらい受けられなくなる場合もある」

「じゃあ、逆に難易度が高い依頼を受けて三回未達成だったらどうなるんですか？」

「それはそれで自分たちの能力を把握できていないってことだから、内容によって依頼が受けられない期間が決められるかな」

「そうなんですね」

厳しいと言えば厳しいけど、依頼を出している方からしたら依頼を達成できないような冒険者に受けてほしくはないよな。

「あの、薬草採取とかの依頼ってありますか？　ここに来るまでに少し摘んできたんですけど」

「見せてもらえるかな」

ルマンドさんに言われて、クロちゃんを手招きした。

「止血の薬草を……」

と言ってクロちゃんの前で出す。まるでクロちゃんが出したように。

「わわっ、と」

けっこう摘んだのをバラバラと出してしまったから落とさないようにするのがたいへんだった。

「ああ、この薬草か。血止めは早いんだが患部に当てた時の痛みが強いからな。これだと葉が十枚で銅貨三枚といったところだ」

「銅貨三枚だと何が買えますかね？」

「ここの食堂ならパンが一切れと野菜スープが付くセットが食べられるよ」

基準がよくわからないけど、食べられるって重要だ。今日の昼ごはんは自分たちで調達しないといけないし。

「じゃあ二十枚買い取りをお願いします」

「はい、銅貨六枚どうぞ」

「ありがとうございます」

葉っぱの状態を確認してもらい、買い取ってもらった。

「薬草は常時募集しているから、持ってきてくれれば普通に買い取るからよろしく」

「わかりました。ただ僕、文字が読めないので読んでもらうことって可能ですか？」

「職員の手が空いていれば頼んでくれてもかまわないよ」

受付の人たちがええ？　って言いたそうな顔をしていたが無視だ、無視。

夕方にはここに一度戻ってくるとして、これから受けられる依頼ってあるかな？

## 10．ニワトリスたちと初依頼を受けようとしてみる

「本日夕方までにこなせそうな依頼、か……Fランクだったね」

ルマンドさんは考えるような顔をした。最初は誰でもFランクからなのだそうだ。

「Fランクだと、ペット捜しや町中の清掃などの雑用、または害獣とされる比較的小さめの魔物の討伐や薬草の納品などが主な仕事になるよ」

やっぱFランクだとそれぐらいだよな。

小さめの魔物というと、森の木の上で寝ていた時襲ってきた魔物とかだろうか。でも森まで行くとなると、普通は朝早くから向かわないといけないような気がする。俺は羅羅に乗ればひとっとびだろうけど、それだと羅羅とニワトリスたちがへんに張り切って必要以上に狩りそうだしなー。

そういえばうちの子たち、感知魔法が使えるんだよな。だったらペット捜しなんてどうだろう。勝手に触れないぐらい怖いってことは理解してほしいけど、恐れられてばかりってのもやりづらいしな。

それに、チャムさんとバラヌンフさんたちが言っていた動物が行方不明になっているという情報も気になる。

というわけで羅羅に確認してみた。

「羅羅、これこういう生き物を捜してくれって言われたら捜すことはできる？」

「……主は誰に物を聞いているのか。捜せぬはずがなかろう」

羅羅がふーっと息を吐く。ルマンドさん以外の人たちがびくっとして、俺は苦笑した。

「とのことなので、ペット捜しがあれば受けたいです」

羅羅は俺に偉そうな口をきいたせいなのかシロちゃんとクロちゃんにつつかれていた。そんなにつついたら麻痺しちゃうでしょーが、全くもう。

ほどほどにしてあげてほしい。

「ペット捜しだと、あまり稼げないけどいいのかな？」

「はい、かまいません」

ペットがいなくなるってとってもつらいことだと俺は思う。元の世界では小さい頃に猫を飼っていたが、ある時いなくなってしまった。猫は死期を悟ると飼い主の前から姿を消すなんて話を聞いたことがあったが、勝手にいなくならないで最後までお世話させてほしかったと思ったのだ。

偽善と言われても、うちの魔物たちの感知魔法で捜せたらいいのではないだろうか。

「じゃあ、現在出ている依頼はこちらの四件だね」

そう言ってルマンドさんは捜す動物とその報酬について教えてくれた。俺も数字ぐらいは読めるけど、こうして読み上げてもらった方が安心だ。

報酬が低いのは子どもが依頼を出しているものだという。子どもが依頼者と思われるものは二件あり、それぞれ一週間程前に依頼が出されたが受けた者はいないそうだ。

まぁ、報酬が銅貨二枚じゃなあとは思う。でもきっと子どもからしたら精いっぱいのお金なんだろうし、見つかったらきっと嬉しいだろう。

「こちらの二件を優先的に受けたいです」

「どちらも町の西側の家から出されている。直接そちらのお宅を訪ねて詳細を聞いてくれ。私はさすがにギルドを空けるわけにはいかないから……ツコソ君」

「はっ、はいぃっ!?」

しゃちほこばって返事をしたのは、ギルドの職員ではなさそうだった。

背の高いテーブルのところにいた冒険者らしい。革鎧を身に着けている少年である。俺よりは年上に見えた。

「こちらのオトカ君を町の西側まで案内しなさい。依頼をきちんと受けられるまでサポートするように」

「お、おおお俺がですか!?」

「きちんとできたら依頼受付停止期間を三日縮めてあげよう」

「や、やりますやります！　やらせてくださいお願いします！」

ツコソと呼ばれた冒険者は床に頭をこすりつけんばかりの勢いだった。俺はうろんな目をルマンドさんに向けた。依頼受付停止期間があるってことは、三回依頼を失敗したってことだよな？　新人冒険者のサポートをしたりすることで救済があるみたいだ。

「えーと、ツコソさん、ですか？」

「呼び捨てでかまいません！」

「いえ、ツコソさんは僕より年上ですよね？　僕はオトカって言います。よろしくお願いします」

俺は彼に頭を下げた。

「よ、よよよろしくぅ！」

なんか暑苦しそうな人だなと思ったけど、この町は不案内だ。案内人がいる方が助かるのでお願いすることにした。

静かだなーと思ったら羅羅が麻痺していたので内心慌てて触れ、麻痺を解除してから俺たちは冒険者ギルドを出た。

「ふぅ……死ぬかと思うたぞ……」

羅羅ははーっと息を吐いた。その背を撫でる。

「羅羅、シロちゃん、クロちゃん、お待たせー。って、ええ？」

俺はクロちゃんとシロちゃんにくっつかれたと思うと、ぐいぐいと羅羅の方へ押しやられた。乗れってこと？　まぁその方が従魔だってのはわかりやすいかな？

「わかったわかった乗るよー。ツコソさんはすみませんが、ブルータイガーの横を歩いて案内してもらっていいですか？」

「は、ははははい……」

かわいそうに、羅羅を見てびびっている。まぁ普通はこういう反応なんだろうな。だからこの人を案内に付けてくれたんだろう。普通の家にこの状態でただ訪ねていったら町の防衛隊を呼ばれかねない。

俺が羅羅の背に乗ると、クロちゃんが俺の前、シロちゃんが俺の後ろに乗った。もうこれが定位置のようである。

もふもふに挟まれるの、サイコーだ。クロちゃんが嬉しそうに「オトカー」って言ってる。かわいい。

「僕に危害を加えようとしなければ何もしませんので、よろしくお願いします」

「はははははい……」

ぎこちなくツコソさんが歩き始めた。この人大丈夫かなとちょっと心配になった。

「ツコソとやら、決して道を間違えるでないぞ」

「はははいぃっっ！」

「羅羅、脅さないよー」

「脅してなぞおらぬわ」

そんな会話をし、歩いてる人たちにぎょっとされながら、俺たちはどうにか町の西側へ向かった。

「俺、身体強化の魔法を使えるんで、もっと速度上げても大丈夫ですよっ！」

歩いているうちに俺たちに慣れてきたのか、ツコソさんがそんなことを言い出した。なんかちょっと怖いなと思った。

「へえ、身体強化の魔法が使えるなんてすごいですね。……それを使って何かしたりしました？」

「ああ……ちょっと力の加減ができなくて薬草を握りつぶしちゃったりはしたかなぁ。それがどうかしましたかー？」

「……その魔法は僕たちと一緒にいる間は使わないでくださいね？」

「あ、ハイ……」

にっこりと笑いかけて、魔法を使おうとするのを阻止した。身体強化魔法なんて恐ろしいものを持ってるのか。そりゃあ依頼を失敗してもおかしくはない。普段から使い慣れてるならともかく、ツコソさんはなんかへんな時に使っていろいろ台無しにしてしまいそうだ。

困ったものである。

「そういえば……ツコソさん、その魔法っていつ頃覚えたんですか？」

「覚えたばっかりなんですよ！　ここ三か月ぐらいで。嬉しくて覚えたその日に使いまくったら魔力枯渇で倒れてしまって」

そう言いながらツコソさんは頭を掻《か》いた。

「教会で調べてもらったら、俺あんまり魔力量が多くないって言われたんですよねー。しかも次の日にはひっどい筋肉痛になりましたし。それからはここぞという時だけ使ってます！」

……もう何をどこからどう突っ込んだらいいのかわからない。魔法は使わなければ使い方を覚えないし、しかも身体強化魔法なんて下手したら自分自身を殺しかねない諸刃《もろは》の剣《つるぎ》だ。

それにしても、教会で魔力量を測ることもできるのか。きっと別料金なんだろうな。

「あのー……その魔法を使ったから依頼失敗したんじゃないですかねー……」

言いすぎかと思ったが、言わずにはいられなかった。

「もっとタイミングを考えて使った方がいいってことですよね！」

話聞いてない。この人大丈夫かな……。

まぁ、俺と従魔たちに不利益がなければいいか。

「しつこいようですけど僕たちと一緒の時、絶対にその魔法は使わないでくださいね？　万が一何かあったら、ツコソさんうちの従魔たちに……」

「は、はははいっ!?」

本当に怖いので念押ししてみた。まぁ使いそうになったらシロちゃんかクロちゃんにつつきまくってもらえばいいかな。麻痺したら身体強化魔法があってもたぶん自力では解除できないだろうし

(俺もかなり雑になってきたかも)。

話しているうちに町の西側に着いたようだ。家の住所をツコソさんが確認して、

「ここですね！」

と案内してもらった。まずは一件目である。もう一件もこの辺りの家からの依頼らしいから、両

方話を聞き、まとめて解決してしまおうという寸法だ。

この辺りは比較的裕福な住宅地みたいだった。家は平屋だけど敷地がそれなりに広い。庭には花を植えているみたいだ。さすがは町だなと思った(村だと花より野菜を植えるのが当たり前だった)。

さて、俺は羅羅から降り、羅羅とシロちゃんには一応玄関からは見えない位置にいてもらうことにした。そしてクロちゃんを前だっこする。

「オトカー」

クロちゃんが嬉しそうに声を上げた。こうしてるともふもふのふわふわで、見た目は本当にかわいいのだ。手を出されたら困るけど、怖くないよアピールはしておかないといけない。クロちゃんや、嬉しいのはわかるけど尾が動いてだっこしづらいよ。

「よいしょ」

改めて抱き直す。

ツコソさんがノッカーでカンカンとノックした。

いや、一応そこは俺に準備ができたかどうか確認しようよ……。

「こんにちはー、冒険者ギルドから来ましたー!」

そして声が大きい。周りの家に聞かれてしまうのではと危惧してしまう。これってプライバシーの侵害になりかねないんじゃないのかな?

少ししてバタバタと音がし、扉が開いた。

「はーい！　冒険者ギルドって……」

出てきたのは上品な身なりの奥さんらしき女性だった。

ツコソさんが奥さんに依頼の紙を見せる。

「飼い猫の……」

ツコソさんが玄関で話を始めようとするので、だっこしているクロちゃんについてもらい黙らせた。

「すみません、依頼を受けてきたのですが、依頼者はいらっしゃいますか？　これは僕の従魔です」
二、三歩離れたところから奥さんに話しかけると、彼女は俺とクロちゃんを見て目を剝いた。
「ま、魔物!?」

「僕の従魔なんです！　大丈夫です！　きっとお役に立ちますから！」

そう言って、一応奥さんに羅羅とシロちゃんも見せる。奥さんは手を額に当て、「神よ……」と呟いていた。

そういえばこの世界の神様って誰だっけ？　村には教会とかなかったしなー。でも知識はあった方がいいよな、絶対。

「両方とも僕の従魔です。家の中がだめなら玄関先に置いていていただけると……」

「……家の前にいられたりしたら事だわ。入りなさい。その従魔たちには水でいいかしら？」

「ありがとうございます！」

家の外に置いておくデメリットを考えたら、奥さんは俺を信用することにしたようだった。

「コロネ、貴方にお客さんよ！　いらっしゃい！」

通された居間から奥の部屋に奥さんが声をかける。ツコソさんの麻痺を解除して、逃げようとする彼の首根っこを掴み、「もう一件ありますよね？」とにっこりしてみた。この町の人たちがうちの従魔たちに慣れるまではワンクッションが必要なのである。彼はがっくりと首《こうべ》を垂れた。

「……交渉は自分でしてくださいよ」

「はい、もちろんです！」

「……お客さん？」

扉が開いて居間に入ってきたのは、俺よりも小さい女の子だった。女の子はクロちゃんをだっこしている俺を見て、目を見開いた。

「……かわいい」

「こんにちは。これは僕の従魔なんだ。冒険者ギルドに依頼をしたのは君かな？」

「……あっ、はい！　受けてくれるの!?」

俺は頷き、彼女の話を聞くことにした。

飼い猫の特徴を聞き、どこに行きそうとか、そういったことを聞く。飼い猫が寝床にしていたという籠を持ってきてもらい、それを羅羅に嗅いでもらったりした。

女の子は羅羅を見て目をきらきらさせた。女の子にとってはでっかい猫に見えるんだろうな。

奥さんはおそるおそる従魔たちに水を出してくれた。ありがたいことである。

「いなくなってから、もう十日も経《た》ってるから、無理だとは思うんだけどね……この子が聞かなくて。明日までは捜してもらってもいいかしら？　そうしたら見つかっても見つからなくても依頼料は払いますから」

「ええっ？　いいんですか!?」

反応したのは俺ではなくツコソさんだった。依頼を受けたのは俺なんですけど？

「いいえ、依頼を受けたのは僕なので、見つからなければお金は受け取りません」

「まぁ……」

女の子だけでなく奥さんにまできらきらした目で見られてしまった。

「特徴など教えていただきありがとうございました。ツコソさん、行きましょう」

「あ、はい……」

次の依頼主は一本裏手の通りに住んでいた。そちらの依頼主は俺と同じ年ぐらいの少年で飼い犬がいなくなってしまったのだという。

依頼主だという少年が、

「こんな子どもが……？」

とか俺を見て生意気なことを言おうとしたが、従魔たちを見て黙った。

そちらの親御さんも恐縮して、もし依頼が失敗してもお金を払うようなことを言ったけど断った。

子どものお小遣い程度の金額かもしれないがれっきとした依頼であり、契約をするのだ。依頼を失敗したのにお金をもらうわけにはいかない。

「ツコソさん、ありがとうございました。後でギルドにはしっかりやってくださったと報告しておきますね」

「ああうん、ありがとう！　でも……失敗しても依頼料をもらえるのに、なんで断ったんだい？」

ツコソさんはどこまでも残念な人みたいだ。

「もし失敗してもお金をもらえると思ったら、いいかげんに依頼を受ける人が出てくるでしょう？　そうしたら冒険者の信用に関わるじゃないですか」

「そうかなぁ……」

今だけを生きてるわけじゃないんだから、先のことも考えないといけないのである。でもツコソさんにはそれが理解できないみたいだ。

冒険者がこんな人ばかりじゃないといいんだけど。

ちょっと先行きが心配になった。

「それから、戻られる時は身体強化魔法は使わないでくださいね。町中で使うのは危険ですから」

「？　ああうん、わかったよ。ありがとう！」

ツコソさんはそう言って元来た道を戻っていった。本当にあの人大丈夫かな？

「……あんな冒険者もいるのだな……」

羅羅が呟く。呆《あき》れているようだった。

「いろんな人がいるんだよ。羅羅、シロちゃん、クロちゃん、猫と犬、捜せそう？」

「まかせよ」

「サガスー」

「オトカー」

クロちゃんや、それじゃ俺が捜されてしまうよ。

俺は苦笑しながら、いなくなったという犬と猫を捜すことにした。つっても俺は従魔頼りだ。

「……どんなかんじ？」

猫だけでなく犬の匂いも嗅いでもらい、羅羅とニワトリスたちには更に感知魔法も使ってもらう。

俺だけじゃとても捜せないだろうけど、ペット捜索は従魔がいる人に向いてるだろうなと思った。

それにしても二件聞いて二件とも大きめのペットというのが気になった。猫も犬も普通より一回り以上大きなものを飼っていたという。しかも近所でいなくなったのは猫が十日前で犬が九日前だ。

とても偶然とは思えなかった。

「まぁでも……全くの偶然ってこともあるんだけどさ……」

なんにでも因果関係を求めていたら疲れてしまう。

迷子ペットの捜索依頼はあと二件あったはずだ。とにかくできるだけ早く見つけてあげたい。

「ふむ……」

羅羅が頭を上げた。

「主よ……全くの偶然ではなさそうだぞ」

「どういうこと？」

「犬と猫は非常に近しい場所におる」

ええ……とげんなりした。猫が迷子になって帰ってこないとかはよく聞くけど、犬もいなくなるってのはあまり考えられなかったから、やっぱりかという気持ちだった。

慈善事業的な気持ちでペット捜しをしようと思ったんだけど、やっぱこれってなにかに巻き込まれる系？

「それってさ……もしかして誘拐ってこと？」

「何者かに連れ去られた可能性は高いな」

「うーん……よいしょっと」

歩くのにちょっと邪魔だなと思うぐらいくっついているクロちゃんをだっこする。

「オトカー」

どうやら甘えているらしい。だから、尾がびったんびったん暴れてて危ないってば。

「その辺ってさ、他にも動物がいるかどうかわかる？」

「……いるな。動物の他に魔物も一か所に集まっておる」

「マジかー……」

どーすっかな。

ペット誘拐事件として防衛隊に報告した方がいいんだろうか。でも人が誘拐されたわけじゃないから報告されても困るかもしれない。バラヌンフさんやチャムさんに伝えようったってあくまで憶測だしなぁ。冒険者ギルドに伝えたとしても、そういった依頼がなければ動けないだろう。

となると、実際にペット捜しをしている俺たちが動くしかないのか。

どちらにせよ見つけないことには依頼は完遂できないしな。

ラノベなんかだと実力も何もない主人公がトラブルに自ら首を突っ込んで、逆に捕まってしまうなんてパターンも多いが……。

横を歩いている羅羅と、その上に乗っているシロちゃん、そして俺がだっこしているクロちゃんを見る。クロちゃんがナーニ？　と言うようにコキャッと首を傾げた。かわいい。じゃなくて。

俺にできるのは鑑定と浄化、そして状態異常無効化ぐらいだけど、うちの従魔たちはすんごく強いし。

たぶん、大丈夫だよな？

そろそろ本気、出してみますか。

「……捜しに行くか。羅羅、俺には感知魔法は使えないからわからないんだけど、動物たちって何かの建物みたいなところに集まってるのか？　周りに人の気配とかある？」

「主よ、町の中は人だらけだぞ」

羅羅が呆れたように言う。でも少し気を引き締めているようにも見えた。

「そういえばそうだったな。じゃあ、捜している犬と猫がいるところの近くまで連れていってくれ」

「あいわかった。主よ、乗るがいい」

「ありがと！」

道行く人には驚かせてしまって悪いなと思ったけど、俺はクロちゃんと共に羅羅に乗り、そのまま町の南東へと向かった（シロちゃんは羅羅に乗ったままだった）。

羅羅が足を止めて呟いた。

「この辺であれば近いといえば近いな」

「……わかりやすいなぁ……」

なんというか、建物も薄汚れているし、人気《ひとけ》がない。壊れているような建物からみすぼらしい子どもが出てきて、「ひぃっ!?」と叫び、逃げていった。

なんか悪いことをしたなと思った。

町の中でも貧民街と呼ばれるような一画だろうか。魔法とかもある世界なのに、貧しいところは本当に貧しいし、こうやって町に住んでいても生活が苦しい人も一定数はいる。

みんながみんな魔法をいくつも持っているわけじゃないから余計なんだろうな。

「主よ、あの建物から匂いがするぞ」

「中に人がいるかどうかはわかる？」

お互い小声で会話する。

「三人ぐらいか。それにしてもこの視線もうっとうしいのぅ……」

「え？　やっぱ見られてる？」

「見られておるな」

シロちゃんとクロちゃんがぎゅうぎゅうくっついてきているからそういうことなんだろうな。俺としてはもふもふでふわっふわのかわいいのがくっついてきてくれて幸せなんだけどさ。

「……隠密《おんみつ》行動とか無理だよねぇ」

これだけ目立つんじゃなぁ。

苦笑する。

ってことは、一気に制圧してみんな解放するしかないか。でも動物はともかく魔物はここで放すわけにはいかないよな。

「羅羅、羅羅より強そうな魔物って、あの建物の中にいる？」

「おるわけがなかろう」

「じゃあ言うことを聞かせることってできるかな」

「むろん」

「それじゃ、助け出しますか。建物の扉が開いたらシロちゃんとクロちゃんは中に向かって威嚇してね。で、中にいる人はつついて無力化して」

「ワカッター」

「オトカー」

クロちゃんや、頼むから俺のことはつつかないでね。

「……建物を出る際は外に向かって威嚇した方がよさそうだぞ」

羅羅がぼそっと言う。確かに建物の外にも仲間はいそうだしなぁ。

「了解。ちゃっちゃと終わらせてごはんにしよう！」

そろそろ腹が減ってきた。一旦町の外に出てみんなとごはんが食べたい。

神経を研ぎ澄ませる。確かに姿は見えないけど、いろんな建物の陰に人が隠れていて、こちらを窺っているみたいだった。羅羅の言う通り、建物を出る時とか背後にも気を配らないとだめだな。

俺には感知魔法はないはずなんだけど、最近感覚がかなり鋭くなっている気がする。

羅羅が頭でドンドンッと建物の扉を叩いた。

「誰だ!?」

しばらくもしないうちに、中からいらだったような声がした。羅羅が更に強く扉を頭で叩き、鍵がかかっているだろうそれをバリバリッと壊してしまった。

「なっ!?」

クァアアアア――――ッッ!!

シロちゃんとクロちゃんが一斉に中に向かって威嚇する。扉の近くにいた男はその威嚇で固まってしまった。それをシロちゃんがつついて一瞬で無力化した。

「行くぞ！」

羅羅に乗ったまま建物内に入る。次の扉を壊せば二人の男が固まっていた。それをまたニワトリスたちがつつく。

麻痺したのはわかったが、念の為縄で縛って建物の柱にその縄を括《くく》り付《つ》けた。これで逃げようとしても逃げられはしないだろう。

部屋はそこだけだった。動物の姿は見えない。

「？　もしかして、隠蔽魔法かなんかかかってる？」

「主よ、下だ」

「わかった」

羅羅から下り、床に手で触れた途端扉のようなものが見えるようになった。床に隠蔽魔法がかかっていたようだ。そこを無理やりこじ開け、また羅羅に飛び乗って俺たちは地下に駆け降りた。

「うっ……」

階段を降りた先の、地下の空気は淀《よど》んでいて非常に臭かった。しかも真っ暗である。人がいないから灯《あか》りも点《つ》けていないみたいだ。

急いで空気に対して浄化魔法をかける。この空気に浄化魔法をかけるという方法は、空気があるという前提で空間全体にかけないと効かなかったりする。前世の常識万歳である。

「主よ、助かった……」

羅羅が首を振り、ため息をついた。

ましにはなったが、臭いが消えたわけではない。

「？」

生き物が動く気配や音はするが、鳴き声がしないのが不気味だった。暗い中、すぐに目が慣れてきたので周りを見回すと、檻《おり》のようなものがいくつもあった。

空気自体に浄化魔法はかけたけど、根本的な解決にはなっていない。何故《なぜ》なら、臭いの元はここにいる動物たち（魔物も含む）だからだ。檻の中に壺《つぼ》のようなものが置かれている。一応そこで用は足しているみたいだが、それにしてもひどい臭いだ（ペットであればトイレの躾《しつけ》はされているし、魔物は知能が高いから自分が汚れるのを嫌うらしい）。

「ひどいことするな……」

とりあえず鼻と口を布で覆う。

「主よ、捜しているのはこれとこれだ」

「えっ？」

ある檻の前で、羅羅が立ち止まった。確かに形状は大きめの犬と猫なのだけど（もちろん檻は別々だ）、捜している犬と猫とは見た目が違うかんじがした。暗いからはっきりとは模様などが見えていない。

「ちょっと火を点けるよ」

よく火が点く火打石をカンカンと合わせ、クロちゃんに頼んで火花によく燃える藁《わら》を近づけてもらう。何回か打ち付けていると、やっと火が点いた。アイテムボックスからユーの実から取った油を少しだけ入れた器を出し、燃えている藁をそこに落としてもらった。これで少しの間は明るいだろう。

「あれ？　やっぱ模様が違うし……羅羅、この子、子虎みたいだけど？」

「だが匂いも魔法もこれだと言っている」

ということは……。

「もしかして変装魔法か？」

「その可能性はあるな。この犬も同様であろう」

かわいそうに、檻の中の生き物は縮こまっている。これはきっと羅羅が怖いんだろうな。でも鳴き声は一切聞こえない。そんなに衰弱しているんだろうか。

「触れば解除できるんだよな」

「貴様ら、我の側に来るがよい」

羅羅が命令すると、縮こまっていた子虎とおとなしそうな雰囲気のオオカミが震えながらこちらへやってきた。羅羅の言葉には強制力もあるみたいだ。俺には効かないけど。

「ちょっと鑑定させてもらうね」

魔力に反応する動物や魔物がいても面倒だと思い、断ってから鑑定魔法を使った。

猫《ミー》　状態：変装／沈黙

と出た。やはり変装魔法が使われていたみたいだ。しかも沈黙魔法まで使われている。この魔法は口が利けなくなるだけではなく、魔法も使えなくなるのだ。さっき無力化した者の中に、こういう魔法を使える者がいたんだろうか。

ここの子たちを解放したら話を聞かないといけないな。

「触るよ。そうしたら声も出せるようになるからね」

優しく声をかけて、檻の中へ手を伸ばし猫に触れた。途端に子虎が薄灰色の大きな猫に変わった。

んにゃあああ〜〜〜〜！

「おおう……」

今まで声を出せなかった反動か、猫はすごい声で鳴き始めた。

「……やかましい。少しは静かにせよ」

でも羅羅が言うと猫は黙った。

同じようにオオカミに見える犬に鑑定魔法をかけてから触れた。

茶色と白の毛並みの大きな犬に変わった。よかったよかった。

「他にどこかで飼われていた子はいるのかな？」

どうせだからみんなまとめて連れていけばいいと思った。

「飼われていた子と、魔物を教えてもらっていい？」

クロちゃんとシロちゃんがトテトテと歩いて、「カイー」「カルー」と檻ごとに教えてくれたけど、なんか物騒だよな。「カルー」ってことは出したらお肉にしちゃうってこと？　それはさすがに困る。

「狩らないからね？　狩るのは町とか村の外で暮らしてるのにして？」

苦笑しながら言えば、シロちゃんがトテトテと近づいてきて俺をつついた。

「シロちゃん、痛いからつつかないでよ、もー」

つつかれないようにぎゅっと抱きしめたらつつかれなくなった。はー、かわいい。

「主よ、して、どうするのか？」

「そうだね。飼われてた子たちは解放して、魔物たちは一旦保留かな。でも、全てに変装魔法がかかってたのはなんでだろう？」

「そこな魔物の話だと、変装魔法を使ってより貴重な魔物に見せかけて売るようなことを人間が言っていたらしいぞ。だいたいここにいるのはおとなしい魔物ばかりだ。捕まえるのはたやすいが、あまりうまくはないのぅ」

「そうなんだ？」

そういえば魔物同士は会話ができるみたいだよね。羅羅が力のある魔物だからみんなと意思の疎通が可能なのかもしれないけど。

「オイシイー」

「タベルー」

シロちゃんとクロちゃんが不服そうに言う。

「シロ殿、クロ殿、ここにいる魔物はおいしくないですぞ」

「ワカッター」

「オトカー」

クロちゃんや、それじゃ俺が餌になるじゃないか。

ハリネズミみたいな魔物はほっとしたみたいだった。

「羅羅、もう少し詳しい話を聞くことってできる？」

みんなの状態異常を解除しながら羅羅に聞いてもらうよう頼んだ。彼らの話によると、ここにいる人間たちは売れそうな生き物だけを連れて二、三日中に他の町へ移動するつもりなのだという。売れなそうな生き物はこのままここに置いていくようなことを言っていたとその魔物は泣いた。

「えええっ？」

そして今日、冒険者ギルドとかいうところに一羽の鳥（魔物）を持っていったという。

「それって、変装と沈黙魔法をかけた鳥だよね？　……羅羅、急いでギルドへ戻ろう！」

何をするつもりか知らないが、その鳥にとって不幸なことが起きないという保証はない。

「みんな、待っててね！　すぐに助けを呼んでくるから！」

とりあえず依頼を受けた犬と猫を檻から出して羅羅の上に乗せ、俺も飛び乗った。先頭はシロちゃんで殿《しんがり》はクロちゃん、地下室からバババッと飛び上がり、シロちゃんがクケエエ――――ッッ！と叫ぶ。その後を羅羅が追う。どうやらこの建物に入ってきた者がいたようで、更に四人固まっていた。それをクロちゃんが何度もつついて無力化してくれた。本当は縄とかで縛った方がいいんだろうけど今はその時間も惜しい。

「シロちゃん、クロちゃんありがとう！　冒険者ギルドへ行くよ！」

舌を噛《か》みそうになりながら羅羅に摑まり、俺たちは一路冒険者ギルドまでの道を走ったのだった（俺は揺らされまくって死ぬかと思った）。

## 11．活躍したニワトリスたちと冒険者ギルド再び

「着いたぞ」

「……わ、わかった……ちょっと、待って……」

ぐらんぐらん揺らされても酔ったりしないのはいいんだが（状態異常無効化による恩恵？）、それでもつらいことはつらい。振り落とされないように変な筋肉を使うのか、身体中が痛くなった。

一緒に羅羅の上に乗っている猫と犬が心配そうに俺を見ている。

「大丈夫だから、ちょっと待ってね。できるだけ早くおうちに帰してあげるから……」

そう言って笑むと、犬と猫はほっとしたような顔を見せた。意外と表情ってわかるもんだよな。

「うおっ!?」

何故か羅羅のすぐ横にいたクロちゃんに、つんつんとつっつかれてしまった。

「クロちゃん、痛いよー……」

つつかれないようにぎゅっと抱きしめる。ああもうこのもふもふのふわふわかわいい……。

抱きしめてしまえばつつきようがないのでつつかれない。そして柔らかい羽毛も堪能できる。まさに一石二鳥だ。

「……主よ、まだであるか？」

羅羅に呆れたような声をかけられてハッとした。こんなことをしている場合ではないのだった。

しかも道行く人たちや、冒険者ギルドに用がありそうな人たちに遠巻きに見られている。

「うおっほん……入るか」

仕切り直して、冒険者ギルドに足を踏み入れた。

受付にいた職員のおじさんが「また出た！」みたいな顔をした。失礼だなぁ。

「今ギルド長を呼んで参ります！」

「おかまいなく」

階段の近くにいた職員が慌てたように階段を駆け上っていった。コケないといいけど。

その剣幕《けんまく》に、タカぐらいの大きさの黒い鳥を腕に乗せたガラの悪そうな青年たちが振り返った。鳥の足には輪のようなものが付いている。飛んで逃げていかないように捕まえているのだろう。

「うおっ!?　そ、そりゃあ従魔か？」

彼らのうちの一人が反応した。

「はい、僕の従魔です」

「そりゃすげえな……」

焦ったような顔をしている。彼らはすでに受付で何やら話をしていたみたいだった。

何かの依頼だろうか。

ギルド内を見回したが、彼ら以外に動物というか魔物のようなものを連れている人はいない。黒い鳥を連れている青年以外の二人はなんとも落ち着かない様子だった。

普通なら、羅羅とニワトリスたちを見て怖がっているのかなと思う程度だが、鳥の様子がおかしい。嘴をしきりに開けるのだが、声を発しないのだ。

十中八九これは黒だろうと思った。でも勝手に鑑定魔法を使うわけにもいかないし……。

「それで、依頼は達成でいいんですよね？」

黒い鳥を連れている青年が受付の職員に話しかける。

「確かにそれっぽい鳥ではありますが……初見なので、鑑定魔法をかけてもよろしいですか？」

「どうぞ」

青年は自信満々だった。

「主よ……」

「ちょっと待とう」

今職員がギルド長を呼びに行ったのだからそれを待った方がいい。俺はクロちゃんとシロちゃんにくっつかれながら羅羅を制した。ちなみに犬と猫は羅羅の上に乗ったままである。おとなしくていいことだ。

職員は黒い鳥に鑑定魔法をかけたようだった。

「……確かにブラックケアオウムですね」

そう言いながらも職員は不思議そうな顔をしている。俺も眉を寄せた。

俺は森でブラックケアオウムを見かけたことがあるが、もっと大きかった気がするし、こんなにおとなしくしていられる鳥ではなかったはずだ。ブラックケアオウムは飛ぶ魔物の中でもニワトリスと張るぐらい獰猛《どうもう》なのである。

それに、なんか嘴ももっと鋭かった気がするんだけど？

首を傾げそうになった時、副ギルド長のルマンドさんが降りてきた。

「もう戻ってきたのかい？」

「はい。一応引き渡せば依頼完了だと思ったんですが、ちょっと気になることがありまして」

ルマンドさんの方を見ないで話す。俺の視線は黒い鳥に釘付けだ。

「じゃあ依頼達成ですね。報酬をください」

黒い鳥を連れている青年が、職員にそう言って手を出した。

「気になること？　何かあったのかい？」

ルマンドさんに問われて、俺はにっこりして頷いた。

「ええ……。ブラックケアオウムって初めて見ました。触ってもいいですか？」

そして青年が連れている黒い鳥に、そう無邪気に声をかけて勝手に触れた。

「おいっ、貴重なブラック……」

青年たちが文句を言おうとした途端、鳥の姿が一瞬で変わる。

頭の方は黄色く、羽と胸の辺りが鮮やかな緑になる。目は先ほどとは違いくりくりのかわいい目になり、頬《ほお》の辺りには紺色のヒゲのようなものがある。タカぐらいの大きさは変わらなかったが、それは誰がどう見てもでっかいインコだった。

「ピーチャン！　ピーチャン、インコ！　オウム、チガウ！　ピーチャン！」

インコには沈黙の魔法もかかっていたらしい。いきなり堰《せき》を切ったように話し始めた。羅羅がそれに嫌そうな顔をする。うるさいけどここで怒鳴らないだけの分別はあるのだろう。

クロちゃんとシロちゃんは気にしないみたいで俺にぎうぎうくっついている。

……うん、インコだ。

この世界のインコって、こんなにでかいのかな？

インコは青年の腕の上からバサバサとはばたいて飛ぼうとしたが、足環《あしわ》が付いているから無理だった。

「くそっ、このっ！」

青年の一人が俺に掴みかかろうとしたところでクロちゃんが素早く何度もつついて無力化した。ニワトリス最強だなー。

「ちくしょう！」

インコを連れていた青年が足環に繋《つな》がっていた鎖を捨て、もう一人と共に逃げ出そうとする。

「彼らを捕まえてください！」

職員が叫ぶが早いが受付横のテーブルにいた冒険者たちが動き、その前に羅羅が扉を塞いだ。

「くそっ！」

すかさず冒険者たちが二人を捕まえて床に引き倒した。

「……インコをブラックケアオウムに仕立てようとしたなんて……これは重罪ですよ？」

ルマンドさんがため息交じりに言う。そして麻痺している青年も職員に縛らせて、「もしできるなら、解除してもらってもいいかな？」と周りに聞こえないように声をかけてきた。

「すみません」

小さな声で謝って、俺は青年の麻痺を解除した。

「やり方はあまりよくありませんでしたが、お手柄ですね」

ルマンドさんが笑む。

「ピーチャン、ピーチャン！　ダレー？」

でっかいインコはのんきにギルド内を飛び回り、ルマンドさんの頭の上に乗ると俺を見てコキャッと首を傾げた。

「……え？」

でっかいインコは俺に話しかけたみたいだ。俺の前にずいずいっとシロちゃんとクロちゃんが出る。ルマンドさんは慌てて二、三歩俺から離れた。すみませんすみません。

「ダメー！」

「オトカー！」

シロちゃん、何がだめなんだい？　そしてクロちゃん、なんでまた俺の名前をインコに教えているのかな？　教えちゃいけないってわけじゃないけど……。

シロちゃんはクロちゃんをつんつんとつつき始めた。クロちゃんが俺の名前を言ってしまったからかな。うかつと言えばうかつだ。クロちゃんが俺にくっついて縮こまる。つっつかれるのは嫌だけど俺の側は絶対離れないぞという意志を感じた。

「シロちゃん、だめだよつつい ちゃ……」

クロちゃんが俺にへばりついているからシロちゃんを抱きしめられない。

「ンー？　ニワトリスー？　フワフワー、カワイーイ！」

するとと俺たちを見ていたインコが歌うようにそんなことを言い始めた。

「ニワトリスー、カワイーイ！」

シロちゃんはクロちゃんをつつくのをやめ、じっとインコを見た。平静を装っているが、尾がびったんびったん揺れて床を叩いている。あんまり強く叩くとギルドの床が抜けるんじゃ？　とひやひやした。

「カワイー？」

クロちゃんは俺にくっついたまま首をコキャッと傾げた。

なんでこの、鳥たちが首を傾げる仕草ってとんでもなくかわいいんだろうなぁ。

「ピーチャン、カワイー、ニワトリス、カワイーイ！」

「カワイーイ！」

クロちゃんの尾までびったんびったん暴れ出してどうしたらいいのかわからなくなった。本気で床が抜けたら困るからやめてほしい。お金ないんだよおおおおお。

「……あー、その、だな……インコ君、頭から下りてもらっていいか？」

「ワカッター！」

そう言ったかと思うと、インコはルマンドさんの頭から俺の頭の上に飛び移った。

「わぁっ！」

「ピーチャン、カワイー！　ニワトリス、カワイー！　ダレー？」

インコは俺の上で身体を揺らしながら歌うようにそう言う。誰ー？　ってやっぱ俺に言ってんのかな？

それにしてもインコの足、爪が頭に刺さって微妙に痛い。

「ピーチャン、もしかして俺に聞いてんの？」

「オレー！」

あ、やべ。素が出た。

「オトカだよ。オトカ」

「オトカー、カワイー！」

「おー、ありがとー」

これ、いつになったら収拾つくのかな？

でも俺たちがこんなやりとりをしている間に、ギルドの職員たちは青年たちを縛るだけでなく口にもさるぐつわをしてしゃべれないようにした。魔法を唱えさせないようにだろう。でも俺みたいに頭の中で使えたらさるぐつわをしても意味がない気がするけど。そこらへんどうなんだろうな？

「コイツらはどうしますか？」

職員がルマンドさんに尋ねた。ルマンドさんは少し考えるような顔をしたけど、

「そうだな……ギルドをたばかろうとした罪状だけなら登録を抹消して二度とこの国では活動できなくする程度なんだが……たばかろうとした依頼が依頼なんだよなぁ……」

そう言いながら、青年たちの襟首を摑む。

「防衛隊を呼べ。それまで外に吊《つ》るしとけ」

「承知しました！」

吊るすと聞いてさすがに引いてしまった。生きる為に魔物や動物は捕まえて吊るして捌いたりするけど、ちょっと同じ人間は……という忌避感はあるのだ。

「木の板付けて外に吊るしますね」

木の板には罪状を書くらしい。いわゆる見せしめってやつだ。

「頼んだ。で、オトカ君？」

ルマンドさんは、今度は笑顔で俺に向き直った。怖い。目が笑ってない。

「な、なんでしょう……？」

「気にな っ、たこと、がある、と言ってそのインコに触れたね？　もしかして、何かあったのかな……？」

一応話すつもりではいるけど、ルマンドさんが怖い。

とその時、ぎゅるぎゅるぎゅるぎゅる〜〜〜とでかい音が冒険者ギルド内に響いた。

「えっ？」

「なんだなんだ？」

みなできょろきょろする。俺の後ろにいた羅羅が頭を前足で隠していた。どうやら今のは羅羅の腹の音だったらしい。

「あ……そういえばお昼ごはんまだだったね。ルマンドさん、先にごはんを食べてもいいですか？」

「ああうん、かまわないよ……」

ルマンドさんは真面目な表情を保とうとしていたみたいだったけど、口元がひくひくしていた。別に笑ってもいいんですよ？

そして俺たちは裏の倉庫の一角を借りて、まずはお昼ごはんを食べることにした。ちなみに、でっかいインコは揺れながらも俺の頭に乗っかったままだったので、腕に移動してもらった。頭の上でジタジタされていたら髪の毛がなくなりそうだったので。

けっこう痛いんだよ。

かわいいと言われたことで、シロちゃんとクロちゃんはインコが俺の腕に留まることを容認したみたいだ。羅羅が、

「インコよ、我はどうなのだ？」

と聞いたら、インコはコキャッと首を傾げた。

「デッカイー、カッコイー！」

どうやらタイガーは知らないらしい。カッコイイと言われたせいか、羅羅も「それならばよい」と呟いた。尻尾《しっぽ》がぶんぶんと振られている。うちの従魔たち、何気に単純である。

さて、倉庫の一角でクロちゃんに横に来てもらい、解体済みの肉を出した。このちょっとしたや

りとりは面倒だが、俺がアイテムボックス持ちと知られるわけにはいかないのだ。

「ピーちゃんは何食べる？」

「ピーチャン、ニクー、タベナーイ」

「そっかー」

こちらの世界のインコの生態はわからないけど、多分穀物なら食べるのではないかと思った。そういえば途中で大麦の穂をいくつか採ってたはず。

「これ食べる？」

「オトカー、スキー！」

リュックから出してあげたら（リュックの口をアイテムボックスにこっそり繋げてみた）すりすりされてしまった。でっかいけどかわいい。

羅羅の上に乗ったままの犬と猫には一度降りてもらい、肉をあげた。

んで、俺の昼飯はというとギルドから用意してもらえた。野菜スープとパン、そして厚切りのハムも付いている豪華セットである（自分で頼んだら銅貨七枚はかかる）。従魔たちは俺から離れる気はないので、俺も倉庫の一角でごはんを食べることとなった。

そこにギルド長のドルギさんがルマンドさんとやってきた。

「お手柄だなぁ。で、何があったんだ？」

ドルギさんに聞かれて、俺は迷子ペット捜索中に起きたことを話すことにした。

倉庫ではおじさんたちがいろいろ解体している。

お昼ごはんはもう食べたみたいだ。

その横で詳しい話をするのはどうかと思ったけど、ルマンドさんがこの一角になんらかの魔法をかけたらしい（ごはんを食べているのはもう今更だ）。

「一応、これでここにいる者たち以外には聞かれはしない。さあ、話してもらおうか」

ルマンドさんの笑顔が怖い。目が笑ってない。

俺はぷるぷる震えながら事の顚末《てんまつ》を話した。

「うーん……まぁ対応としては間違っちゃいねえな。防衛隊に訴えられても対処できなかっただろうし、うちでもただ訴えられてもなぁ……」

ドルギさんが俺を見る。

「しっかし……今時の十歳っつーのはこんなに賢いもんか？」

内心ギクッとした。でも中身はともかくれっきとした十歳だから、俺はきょとんとした顔をしてみせた。

「それなりに苦労してきているんでしょう。オトカ君の年齢はともかく、動物たちは地下室に囚《とら》われていたんだね？」

ルマンドさんは丁寧な口調とそうでないのがいったりきたりしているかんじだ。相手とか場面によって使い分けているんだろうな。ギルド長とかそれなりの相手、そして初対面の相手には丁寧だけど、みたいな。ま、そんなことどうでもいいか。

「はい。一応動物たちには浄化をかけてきたんですけど、その……さすがに排泄《はいせつ》をした壺までは。なので地下室に降りたら臭うと思います」

注意はしておく。

「無力化したのはその場に一部縛って置いてきたのか。七人だったな」

「麻痺はしているので、縄を解かれたとしても自力では動けないはずです」

ドルギさんがうーんと唸《うな》った。

「他に仲間はいなかったんだな？」

「ごめんなさい。そこまで確認はできませんでした」

「しょうがねえか。麻痺してるっつー話ならそれこそ麻痺を解除させなきゃいけねえ。そもそも麻痺を解除する魔法を持ってる奴の方が稀《まれ》だからな。一応教会に声かけもしねえと。じゃあ、ちゃっちゃと仕事すっか！」

ドルギさんがルマンドさんと共に立ち上がった。

「あ、あの、すみません。この子はどうしましょう……」

大麦をおいしそうに食べているインコについて聞いてみる。犬と猫はそのまま依頼者に返しに行けばいいだろうけど、このインコについては何か依頼が出ていないのかな？

「ああ……なんか迷子ペットとかでインコはあったか？」

「確認しましたがありませんでした」

「つーわけだ。俺たちはこれから忙しくなるから好きにしてくれ。日が暮れる前には防衛隊の詰所へ行くんだろ？」

「ええ、まぁ……」

二人はそう言い残すと倉庫を出ていった。

「……体《てい》よく押し付けられたな」

羅羅が呟く。

「……そうみたいだね」

食べ終えた従魔と、犬と猫には浄化をかけた。途端に羅羅と猫が毛づくろいを始める。キレイになったはいいけど、なんか落ち着かないみたいだ。こういうところがネコ科なんだろうかと思ったりした。でも誰かが毛づくろいを始めると伝染するのか、みんなして毛づくろいを始めるのがかわいい。カメラが欲しい。

「おーい、あんまりそこで毛づくろいするなよー。掃除していけー」

解体しているおじさんたちに苦情を言われてしまった。

「はーい、ごめんなさいー」

というわけでごはんも食べ終えたから掃除をして倉庫を出た。食器をギルドの酒瓶が並んでいる前のカウンターに戻しに行く。歩きづらいんだけど後ろにはクロちゃんがへばりつき、そのクロちゃんの背にはインコが乗っていた。

「ごちそうさまでした」

「おう、今度は自腹で食ってくれよ」

「はーい」

受付の職員は俺たちを見るとひきつった顔をするのだけど、飲み物などを出すカウンターにいるおじさんは俺たちを見てもなんとも思わないみたいだ。

羅羅と犬猫、シロちゃんにはギルドの前にいてもらっている。ギルドの屋根からは、どうやったのか青年が三人ぐるぐる巻きにされて吊るされていた。本当に吊るしたらしい。こわっ。

「外にブルータイガーとニワトリスがいると思ったら、オトカ君じゃないですか。依頼、もう終わったんです？」

ツコソさんがギルドに入ってきて俺たちの姿に気づいた。

「あー、これからです。ツコソさんは？」

「報告してくれたんですよね？」

「あ、忘れてました」

「えーっ？」

「今しますね」

いかんいかん。

ツコソさんの件どころじゃなかったんだよな、実際。クロちゃんを背中にくっつけたまま受付へ。

「ツコソさん、ちゃんと僕のことを依頼人のところまで案内してくれました」

「わ、わかりました。ツコソさん、どうぞ」

職員の顔はやっぱりひきつっている。あんまり大きい魔物って見たことないのかな。

「ありがとうございまーす！　やったこれで三日短縮されたぞー！　明日からまた依頼が受けられるー！　オトカ君、ありがとう！」

そう言って、ツコソさんは笑顔でギルドを出ていった。

「……あれ、大丈夫なんですか？」

「……あと三回依頼を失敗したら、一か月停止ですね。さすがにもう温情はなしです」

職員が淡々と言う。

そうだよなぁ。さすがに失敗ばかりする冒険者なんていらないよなぁ。

地道に薬草とか摘んでいればいいのに、冒険者という肩書に魅せられてしまった人なんだろうか。

俺もそれと大差ないんだけどさ。

さて、依頼人に犬と猫を返しに行きますか。

ってことで、時間短縮も含めて羅羅の背に乗せてもらって行ってきた。

「えっ？　もう見つけてくれたの!?」

猫を連れていったら、女の子はとっても喜んでくれた。

「まぁ……こんなに早く見つけてくれるなんて、ありがとうね！　はい、サインよ。それから、よかったらこれも持っていってちょうだい！」

女の子のお母さんも目を輝かせて、依頼証（木札）にサインをくれた後、パンにハムを挟んだものをくれた。精いっぱいのお礼なのだろう。それはありがたくいただいた。あとで夜食にしようとアイテムボックスへ。

そうして今度は少年の家へ犬を届けに行った。

「こ、こんなに早く見つかるなら、なんでもっと早く依頼を受けなかったんだよ！」

何故か逆切れされた。

「すみません。この町に来たのはつい昨日のことなんで……」

「せっかく見つけてくれたのになんてことを言うんだ！」

少年は犬にじゃれつかれながら親に説教をされていたけど、とても嬉しそうだったからよかった。

依頼証にサインをもらい、お礼だと銅貨を一枚もらってしまった。チップの代わりということでこちらもありがたく受け取った。

本当は固辞した方がよかったのかもしれないが、そんな作法子どもの俺は知らないしね。

ってことで依頼を完了したらまたギルドに戻るつもりなんだけど、その前に……。

インコのピーちゃんは当たり前のように羅羅の頭の上に留まって羽づくろいしている。

「ピーちゃんってさ、どっかの家に飼われてたんじゃないのか？　家に帰らなくていいの？」

冒険者ギルドには捜してほしいとの依頼はなかったみたいだけど、もう自由なんだしさ。

それまで静かにしていてくれたインコは口を開いた。

「ピーチャン、カイヌシー、トオクー。オトカー、ニワトリスー、デッカイノー、イッショー！」

「ええええええ？」

飼い主が遠くにいるから俺たちと一緒ってどういうこと？

俺は思わず羅羅とニワトリスたちを見てしまった。それに羅羅が困ったような顔をする。ニワトリスたちも俺にぴっとりとくっついた。なんなんだいったい。

「……主よ。このインコ、帰る場所がなさそうであるぞ」

「えええ？」

あの少ない言葉の中に言いたいことが全て詰まっていたらしい。羅羅という通訳がいなければとても理解できなかったと思う。

補足としてインコはいくつかの単語を話した。

それを羅羅が総合したところによると、インコは遠い町に住んでいたが、飼い主がある日いなくなってしまったらしい。飼い主の家族が言うには、飼い主は重い病気になってしまったからインコと暮らせなくなってしまったという。そしてインコを引き取るだけの場所もお金もないとはっきり言われたそうだ。

元々インコは魔物なので自力で餌を取ることもできるからその町を出た。かなり長い距離を飛び続けて、この町の近くの森で休んでいたところ、あの連中に捕まったのだという（詳しくはまた今度聞くことにした）。

「えっ？　インコって魔物なの？」

魔物同士は意思の疎通ができるというのは助かるのだが、インコが魔物と聞いて俺は驚いた。

「主よ、驚くところはそこなのか？」

「え？　だってインコって魔物っぽくないじゃん！」

羅羅は嘆息した。

冒険者ギルドに戻る為、俺は羅羅に乗っている。前にクロちゃんをだっこして、後ろはシロちゃんだ。そして羅羅の頭の上にはでっかいインコがご機嫌で乗っている。

急いでいるわけでもないので羅羅には歩いてもらっている。いくら首輪を付けているのが人々に見えるとはいっても、青虎が往来を走っていたら怖いだろう。

はー、クロちゃんの羽毛、癒やされる……。

「……マモノー」

「オトカー」

シロちゃんが後ろで呆れたように声を上げた。クロちゃんや、それじゃ俺が魔物みたいだよ。

「主よ、シロ殿が……魔物というのは人が勝手に言っているだけだと。魔法を使える人間以外の生き物を魔物と言っているのは間違いなかろう」

また羅羅が通訳してくれた。

「あー……つまり、ピーちゃんは魔法が使えるのか」

「ピーチャン、マホー、ツカウー！」

「今使わなくていいからね。つか、使わないで？」

それにしても困ったな。俺はインコ一羽ぐらい増えてもどうってことはないけど、ニワトリスたちはどうなんだろう？

「シロちゃん、クロちゃん、羅羅。ピーちゃんがこれから一緒にいることになっても、いいかな？」

だめなら何がだめなのか聞いてみよう。どうしてもだめならインコとは別れるしかない。そう覚悟したのだけど。

「イイヨー」

「オトカー」

「我はかまわぬ」

だからクロちゃんや、それじゃ何言ってるのかわかんないよー。

「ニワトリス、カワイーイ！　デッカイノ、カッコイー！　オトカー、カワイー！」

インコに褒められて、みななんとなく尾が揺れる。そっか、褒めてもらえたのが嬉しかったんだな。

「ああうん、ありがと……」

タカぐらいの大きさはあるけど、もっふもふでかわいいインコにかわいいと言われるのは俺としては微妙だった。

でも、褒めてくれたんだよな？　きっと、多分……。

そういうことにしておこう！

## 12．更にがんばるニワトリスたちと事の顛末

ピーちゃんはコキャッと首を傾げる。クロちゃんをだっこして和んでいる俺にピーちゃんが聞いた。

「オトカー、ワルモノー、イチモーダジンー？」

長生きしているせいなのかけっこう難しい言葉を知ってるな。

「一網打尽はしてないかな。ピーちゃんが捕らえられていたらしい場所はこの町の人たちに任せたけど。その結果待ちだと思う」

それがどうかしたのだろうか。ピーちゃんは反対側に首をコキャッと傾げた。

「アッチー？　コッチー？」

ピーちゃんが羽をバサバサ動かしながら南東の方角と、北東の方角を差した。両方の羽を南東と北東にそれぞれ動かすのかわいいな、じゃなくて。

「あっち、こっちって……ちょっと羅羅、止まって！」

「なんだ？」

羅羅の足を止めさせ、道の端へ移動する。そのまま細い路地へ入った。ルマンドさんみたいに遮音っぽい魔法が使えればいいけど俺は使えないから念の為だ。

「ピーちゃん、もしかして……ピーちゃんを捕まえた悪者って二か所にいたの？」

「イター」

拠点が一か所のはずはなかった。なんて俺は浅はかだったんだろう。一か所を制圧したらそれで終わりだと思っていたなんて。悪いことをしようって奴らが拠点を一つに集中するわけがない。

「もう一か所って、どういうところだった？　覚えてる？」

「ンー？」

ピーちゃんがまた首をコキャッと傾げる。だから！　いちいちかわいくて話が進まないんですけど！

「オッキー、デッカイー？　ワルモノー」

羽を動かして教えてくれるが抽象的すぎてわからない。

「……大きい建物だそうだ。そこにでっかい者がいて、まずそこへピーを連れていったらしい」

「羅羅、ありがと」

なんかもう羅羅通訳でいいような気がしてきた。

いろいろ聞いて話をまた整理してみた（ピーちゃんに聞き、羅羅に通訳してもらった形だ）。もう面倒なのでピーちゃんが言う〝ワルモノ〟は〝ワルモノ〟で統一する。

まずピーちゃんはこの近くの森でワルモノに捕まった。木の上で寝ていたところを拉致されたらしい。感知魔法があったんじゃないかと羅羅が言っていたが、おそらく隠蔽魔法を自分にかけたワルモノがピーちゃんを攫っていったのだろう。

ピーちゃんはしきりに「ヘンダネー」と言っていた。

話が進まねえ！

ピーちゃんが次に目覚めた時にはデッカイワルモノがいた。

特徴はデッカイのと、「ケー、ナイナイー」らしい。つまりは頭髪がないのかな？　ヒゲはあったらしい。なんかドルギさんと被る容姿だなそれ。それともこの世界では一定の年齢になると頭の毛はなくなってヒゲを立派に生やすんだろうか。って、それは今考えることじゃない。

デッカイワルモノはピーちゃんを見ると、

「インコか。ならオウムと大して変わらんだろ。隣のあほ領主でもだましてやれ」

ニヤリと笑ってそう言ったらしい。オウムと大して変わらんと言われてピーちゃんは腹を立てたそうだ。

「オウムー、チガウー、インコー、ピーチャン！」

羅羅の頭の上でジタジタしている。

俺にはわからないけどそういうものらしい。どっちもオウム目じゃなかったっけ？　オウム目オウム科とオウム目インコ科の違いとか言われても俺には……。って、それは元の世界の話か。こっちではわからんな。

だから脱線しすぎだっての。

隣のあほ領主って……珍しい魔物を集めてるんだっけ？　最初からその領主から金を巻き上げるつもりでピーちゃんとか他のみんなを誘拐したのか。

で、めぼしいのが売れたら拠点を移して……。

「まずい！　ピーちゃん、そのデッカイワルモノのいるところに案内して！　もう逃げてるかもしれない！」

逃げてるかもしれないけど、ピーちゃんは立派な証人（証鳥？）だ。少なくとも犯罪が行われた場所は知っておいた方がいいだろう。

「ワカッター！」

ピーちゃんは羅羅の頭の上から飛び立った。

「羅羅、ピーちゃんを追って！」

「承知！」

ピーちゃんは鳥だからまっすぐ北東の方向へ飛んでいく。せめて道に沿って飛んでくれえええ〜〜〜！

羅羅は感知魔法を最大限に使ったのか、うまく路地を見つけピーちゃんを追ってくれた。

「えっ？」

「わぁっ!?」

たまたま路地に入ってきた人の上を羅羅が跳び上がって越えていく。俺は振り落とされないように前にいるクロちゃんをぎゅっと抱きしめた。

「オトカー！」

クロちゃんはとても嬉しそうだ。シロちゃんも俺の後ろにぴっとりと張り付いてくれているから落ちることはなかったけど、頼むから跳び上がるだけじゃなくてドリフトみたいな動きもしないでくれえええええ！　青虎じゃないの？　車なの!?　その動き肉球が燃えない!?

内心ツッコミまくっていたらある路地で羅羅が足を止めた。路地の窓の庇《ひさし》にピーちゃんが留まっていた。

「アソコー」

「え？　ああ、うん……」

路地をまっすぐ行った先が例の建物ら、しい？

「高級ホテル？」

思わずそう呟いてしまった。

三階建ての、いかにも高そうな建物である。白っぽくて、金ぴかで、多分領主館ではないだろうなと思うかんじの。

領主館だったらさすがにもう少し落ち着いた佇《たたず》まいなんじゃないかな。もっと下品だったら、高級ホテルっていうより別の場所を連想したかもしれない。え？　どんなところかって？　十歳の少年にはとてもとても……。

だからそうじゃなくて。

「ここに、デッカイワルモノがいたんだね？」

「ソウダヨー」

ピーちゃんが即答する。

多分このホテルに泊まっている人なのか、もしくは経営者か。

「うーん……」

これはそう簡単に手を出していいものなのかどうかわからなくなったぞ。

「ピーちゃん、そのワルモノがどこの階にいたかわかる？」

「ワカンナーイ」

「そうだよなぁ……」

縛られたり眠らされたりして貧民街の地下室に運ばれたんだろうし、わかんないよなぁ。

「……感知すればいいではないか」

羅羅に呆れたように言われてしまった。

「あ、そっか」

俺には使えないけど、感知魔法持ちがここに揃《そろ》っていたんだった。

「じゃあ、あの建物の中に向けてみんなで使ってもらっていい？　ピーちゃんが言うデッカイワルモノがいたら突撃しよう」

本当は証拠集めだとかいろいろ段階を踏むべきなのかもしれないけど、待ってられないし。そんなことをやっている間に逃げられてしまう。

みな黙り、ムムムというかんじで感知魔法を使ってくれたらしい。

「サンカーイ！」

ピーちゃんが叫んだ途端、

「承知！」

羅羅がいきなりその場から跳び上がった。

「え？　なっ、ああ――――っっ!?」

俺は目の前にいるクロちゃんにしがみつくことしかできない。

「オトカー！」

「カルー！」

後ろのシロちゃんが超楽しそうだ。頼むから俺を狩らないでくれー！

羅羅は風魔法が使えないみたいだけど、跳躍の際にクロちゃんとシロちゃんが風魔法を使ったのかもしれない。そのまま路地からぴょーんと跳んで高級ホテルの窓ガラスを割って中に入ってしまった。後でいくら請求されるんだろおおおおお!!（内心ム〇クの叫び）

「わっ、なんだなんだ!?」

「三階だぞっ!?」

「襲撃かっ!?」

なんか高級ホテルにしては柄の悪いおっさんたちがいる。見た目だけで言えばクロだな。冤罪《えんざい》だったらごめんなさいだけど。

「タ、タイガー!?」

荷物を詰めていたらしいメイドさんらしき女性がフッとその場で意識を失った。ごめん、怖いよね。トラウマにならないといいな。

「ひぃっ!?　ニワトリス!?」

「タイガー、だなんて!　おお、神よ!」

メイドさんたちがバタバタと意識を失ったように倒れた。

確かに普通は高級ホテルの三階にこんな魔物が現れることなんてないよな。普通にそんなことがあったら死ぬし。

女性は一斉に気を失ってしまったようだ。ちょうどいいから腰が引けながらも警戒している柄の悪い青年やおじさんたちを眺めた。

ここでニワトリスたちの威嚇を使って下の階にまで影響が及んだら困る。俺の従魔でいるには人に危害を加えないことが条件だ。

ってことは、羅羅に脱毛魔法をかけてもらって怯《ひる》んだ隙にニワトリスたちにつついてもらうか。

というのを瞬時に考えて、

「羅羅、男に脱毛！」

「よしきた！」

「シロちゃんクロちゃん男つついて！」

「カルー！」

「オトカー！」

だから狩ったらだめだっつーの。食わないからね？　一応ワルモノでも人間だからね？

羅羅は張り切って男たちに脱毛魔法をかけた。彼らは一瞬何をされたかわからなかっただろう。でも髪の長かった男性が、「俺の髪がぁっ!?」と叫んだところで動揺が広がった。そこへニワトリスたちが駆けつけて何度もつつく。

「か、み……」

「ニワトリッ！」

「ぎゃー……」

「おたす……」

五人ぐらいいた男性全員がシロちゃんとクロちゃんのつつきによって無力化した。なんか「ニワトリッ！」とか叫んだ人いたけど途中で麻痺して倒れただけだよな？

でも例のデッカイワルモノの姿がない。

「ピーちゃん」

「アッチー」

どうやら隣の部屋にいたみたいだ。俺は羅羅に乗ったまま隣の部屋の扉に突撃した（正確には羅羅が勝手に突っ込んだ）。

「むっ!?」

羅羅の石頭でも扉は砕けなかったらしい。もしかしたら扉自体に強化系の魔法がかかってるとか？

「ドイテー」

ピーちゃんに言われて、羅羅は横に避《よ》けた。途端にゴウッとすごい音がして扉がズタズタに切り裂かれる。

えっと……こ、これは？

「うぉおいっっ!?」

さすがに中から驚いた声がして、ピーちゃんが言っていたデッカイワルモノが泡を食ったように飛び出してきた。

「なんだなんだ⁉　襲撃か⁉」

「ピーちゃんから話は聞いています！　おとなしく捕まってください！」

捕まってくれるはずはないとわかっていても一応言わないといけないと思うんだ（俺も大概性格がいい）。

「ピーちゃん？」

頭がキラーンと光るほど全く毛のないデッカイワルモノは、いぶかしげな顔をした。ピーちゃんが近くの椅子の背もたれの上で胸を張る。なんかかわいい。じゃなくて。

「ああ、森でぐーすか寝てたっていうマヌケインコか。まんまと逃げたってわけだ」

デッカイワルモノ、もといがたいのでかいおっさんはそう言って笑った。

「ピーチャン、マヌケ、チガウー！　ルー、ケー、ナイナイ！」

「わかった！」

「えええええ？」

ピーちゃんが目を吊り上げて怒った。羅羅がピーちゃんの怒りを受けておっさんに向かって脱毛魔法を使う。髪の毛は元からなかったけど……。

「な、なんだ⁉　俺の自慢のヒゲがあああああ⁉」

それまで余裕ぶってたおっさんだったが、自分の顎に触れた途端目を見開いて叫び始めた。うん、誰にでもこれだけはってものがあるよね。

ちょっと遠い目をしそうになったら、

「貴様らぁあああああ!!」

おっさんは激高して俺たちに向かってなんらかの魔法を使った。

「？」

「なんだ？」

ピーちゃんと、それまで後ろでぎゃいのぎゃいのやっていたニワトリスたちが一斉に静かになる。

「あ、沈黙の魔法か！」

かけられた魔法の種類がわかった。状態異常だから俺には効かないし、俺が乗ってる羅羅もすぐに解除されただろう。

でも沈黙の魔法って、魔法師とかには効果てきめんだろうけど拘束してない魔物相手じゃなぁ？

途端に羅羅がおっさんを抑え込み、ピーちゃんがつつき、ニワトリスたちも駆けつけてきておっさんをつついた。

つつきは魔法ではないから、沈黙魔法を使われても関係ないしな。

「うわー！　やめろー！　や、め……」

ニワトリスたちにつつかれまくって、おっさんはすぐに身体が動かなくなった。やっぱ麻痺って怖いなー。

「終わり終わり！　はい、やめー！」

それ以上はおっさんが怪我《けが》しちゃうからだめー。

ってことでだいぶぐだぐだではあったが、どうにかワルモノたちを制圧できたみたいだった。

「さーて、これを後はどうしよう……か……な？」

下の階からドタドタと複数の足音が上がってくる音がする。ホテルの人が通報したに違いない。

でもこれをほっといて逃げるわけにもいかないしなー。

「おとなしくしろ！　防衛隊だ！」

先頭で駆けてきたのはバラヌンフさんだった。

「バラヌンフさん？」

「少年!?」

知っている人が来てくれたことで助かった、と思った。


とはいえ、それから穏便に事が済んだわけではない。

無茶なことをするな！　とバラヌンフさんとチャムさん、冒険者ギルドのドルギさんとルマンドさんにこってり絞られることとなった。移動して、場所は冒険者ギルドの二階である。

ピーちゃんが叱られてしゅんとなっている俺と羅羅を見て、

「ピーチャン、ユルセナカッタ！　ピーチャン、セキニン！」

と胸を張り、超男前なことを言っていた。

つってもどうやってインコに責任を取らせるのか教えてほしいものである。さすがにインコの丸焼きは嫌だぞ。

「しっかし冒険者登録した翌日からさっそくやらかしてくれるたぁなあ……」

ドルギさんが頭を掻いた。

ちなみにシロちゃんとクロちゃんは自分たちには関係ありませんよーという体で俺にくっついている。まぁ巻き込まれただけだよね。「カルー」とか物騒なことは言ってたけど。もうシロちゃんの口癖とでも思っておこう。物騒な口癖だなぁ。

羅羅は調子に乗りすぎたという自覚があるのか、頭を抱えていた。

いや、やっぱりここは俺の責任だろう。

「ごめんなさい。動物や魔物を攫う悪者に対して、我慢できませんでした」

俺は深く頭を下げた。

「処分はともかくとして……こちらの聞くことには全て答えるように。嘘はなしだよ」

ルマンドさんに言われて、俺は居住まいを正した。シロちゃんは居心地が悪くなったのか俺にくっつくのをやめ、のしっと羅羅に乗った。それかわいすぎるからやめてほしい。クロちゃんはますます俺にくっついた。

「クロちゃん、だめだよ。離れて？」

「オトカー！　オコルー！　ヤー！」

クロちゃんがいやいやをするように俺の胸に顔を押し付けてぐりぐりする。嘴が微妙に当たって痛い痛い痛い。

「いてて……」

「……いいですよ、そのままで」

大人たちはため息をついた。なんていうかもう、本当にごめんなさい。

とりあえずクロちゃんをなでなでして落ち着かせることにした。ご機嫌になっても尾は振らないでね、危ないから。

質問をしたのはチャムさんだった。

「では……教えてください。何故オトカ君たちはハイエクスペンシブホテルにいたのですか？」

ええー？　と思った。

はいえくすぺんしぶほてる？　それって名称、なのか？

はっきり言って、だっさとか思ってしまった。

「ピーチャン、ツレテッター！」

俺が名称で内心唸っている間にピーちゃんが答えた。

「何故連れていったのです？」

「ピーチャン、ツカマッター、アソコー」

このままピーちゃんだけに話させるのは危険だと判断して、口を挟むことにした。

「すみません。確かにピーちゃんが一番状況を理解していると思うんですが、言葉がそれほど流暢《りゅうちょう》というわけではないので羅羅に通訳させてもいいでしょうか？」

「ブルータイガーが通訳してくれるのか？　それなら助かるが」

ドルギさんがほっとしたように促す。

「羅羅、頼むよ」

「うむ」

というわけでピーちゃんが説明をし、それを羅羅が通訳するという形に落ち着いた。

ピーちゃんは森で寝ている間に攫われてあの建物に連れていかれた。そこでデッカイワルモノに言われたこと。沈黙、変装魔法をかけられて拘束され、南東の地下室に何日も閉じ込められていたことを話した。その間餌もろくにもらっていなかったと聞いて俺はさらなる怒りがこみ上げたが、魔物は元々動かなければそれほど食事を必要としないのだということを聞いてほっとした。

でもそれって、魔物だけだよな？　ペットはそういうわけにもいかないだろう。

やっぱすっげー腹立つんですけど。

途中で退屈したシロちゃんが羅羅の上でぴょんぴょん跳ねたり、クロちゃんが定期的に「オトカー」と俺を呼んだりしてなかなかにカオスな空間だった。うちのニワトリスたちフリーダムすぎませんかね？

「まぁ……被害者が直接突撃していってしまったということか」

ルマンドさんがなんともいえない顔をして大人たちを見回した。

大人たちがうんうんと頷く。

「確かに誘拐されて売られるところだったのだな」

「魔物に喧嘩《けんか》を売ってあれぐらいで済むならまぁいいんじゃねえか？　だがなぁ……」

「インコの風魔法とはあんなにすごいものなのですかっ!?」

バラヌンフさん、ドルギさん、チャムさんがそれぞれ反応する。チャムさんのそれはどうなんだろう。

「インコはボウズの従魔じゃないんだよな？」

「違いますね」

まだ従魔登録はしていない。

「じゃあインコ一羽にそそのかされた？　いや、かなり無理があるな……」

どうにか穏便に済ませようとしてくれているのかもしれない。でも、向かうって決めたのは俺の意思だし。

「先ほども言いましたけど僕、ピーちゃんだけじゃなくて他の動物とか魔物をあんな風に扱う人たちのことを許せなかったんです。だから僕にも責任はあります！」

ドルギさんがこめかみを押さえた。

「頭痛がするな……」

「困りましたね……」

かえって困らせてしまったらしい。だけどピーちゃんだけに責任を被せるというのはありえないんだ。

「ボウズにも責任をってなると……さすがにホテルの破壊はやりすぎなんだよなー」

「冒険者稼業、活動一日目にして……活動停止処分？　いやいやそんなわけには……」

ドルギさんとルマンドさんが物騒なことを言っている。活動停止処分になるなら冒険者やめて他の町に移動した方がいいかなぁ。最悪ほとぼりが冷めるまで森で暮らすって手もあるよね。

「ボウズ、一つ質問なんだが」

「はい」

「もし冒険者として三か月活動停止処分になるっつったらどうする？」

「三か月もですか。だったら冒険者やめますね」

「だよなぁ……あ、今のは重めの処分の一例だから気にするなよ」

ドルギさんははーっと深くため息をついた。

「やめられたら従魔がなぁ……」

俺が冒険者をやめるってことは、従魔たちが野放しになるということだ。さすがにそれはいただけないんだろう。

そこらへんはわかってくれて助かるかも。

「そんなに長く活動停止させる理由はないですよね。むしろオトカ君たちにはホテルへの賠償責任を少しでも早く果たしてもらわないといけないのではないですか？」

チャムさんがにこにこしながら口を挟んだ。

やっぱりホテルの破壊行為への賠償からは免れなかったかー。俺はそっと目を逸らした。

「あの、でも僕今のところ本当にお金、なくて……」

「わかってますよー。ですからうちでオトカ君をお預かりする代わりに、ギルドで依頼をたくさん受けて少しずつでも返していったらどうですかね？」

「ええっ？」

今夜は確かにチャムさんの家にご厄介になることが決まっているけど、その先は全く決めていない。最悪森で野宿かなと思っていただけに置いてもらえるのはありがたいと思った。

「それは助かりますけど、でも……」

「オトカ君はたまに私に魔物の肉を少し食べさせてくれればいいんですよ！」

一瞬で場が白けた。

ああうんそうだよね。でも魔物の肉を少し分けることで置いてもらえるなら安いのかもなぁ。

「チャム、そんな子どもの足元を見るようなことを……」

バラヌンフさんがとんでもないものを見るような目をチャムさんに向けた。

「いやいやいや、冗談に決まってるじゃないですか！　魔物の肉がなくたって私はオトカ君を受け入れますよ！　ほら、これは場を和ませようとした冗談です！」

「本当か？」

「本当です！」

チャムさん、バラヌンフさんには全然信用がない件について。

俺も信用はしていない。

とはいえどんな理由があろうと置いてもらえるのは助かる。毎日森からこの町に出勤てのも避けたいしな（野宿前提）。

「チャムさん、お世話になります」

クロちゃんをだっこしたまま頭を下げた。

「これはどうもご丁寧に」

チャムさんも丁寧に頭を下げてくれた。

「オセワー」

クロちゃんも挨拶する。かわいい。じゃなくてだな。

「じゃあ、ボウズはこれから防衛隊のチャムんとこに住むんだな。それならいいか。近いうちホテルから請求が来るだろうからそれを見ながらどの依頼を受けるか決めるか。つってもFランクなんだよな」

「従魔もいることですし、状況を見てランクを上げていきましょう。やり方は非常にまずかったと思いますが、今回はお手柄です」

「あの、今回ニワトリスたちが麻痺させた人たちって……」

それについてはチャムさんが答えてくれた。

「明日にでも事情聴取ですね。先ほどもお伝えしました通り、ペットの誘拐も許されるわけではありませんが、変装魔法をかけ、意図的に領主を欺こうとしたなど絶対に許されることではありません。しかもペットだけでなく森の魔物まで攫ってきていたなんて。狩り以外で大量に攫ってきていたとなると、町に報復に来られる恐れがあります。本当に危険な行為ですよ」

「じゃあ、あの……魔物たちは」

「全ておとなしい魔物でしたので少しずつ森に帰していくことになります。その前にブルータイガーには事情聴取に付き合っていただきピーちゃんの言葉を詳しく説明してもらうことになりますが、よろしいですか？」

「ああ、かまわない」

羅羅がキリッとした顔で頷いた。頭にはピーちゃんが乗っているし、背中ではシロちゃんがぴょんぴょんと跳ねている。なんともいえない光景だった。

「防衛隊からわずかですが協力金も出しますので、よろしくお願いします」

「ありがとうございます！」

お金と聞いて俺が喜んでしまった。

だっていきなり借金生活になるしぃ（気分的にはそんなかんじ）。

動物、魔物の誘拐に加担した彼らは間違いなく厳罰に処されることになるらしい。その内容までは聞こうとは思わなかった。

きちんと罰せられればそれでいいのである。

ちなみに、ギルド前に吊るされていた青年たちは俺たちがギルドに連れてこられた時には回収されていた。さすがにいつまでも吊るしておくってのはないわな。

明日以降も協力はしないとだろうけど、なんか一気に片付いたと思う。

大人たちには苦労をかけてしまったよな。

これからバラヌンフさんとチャムさんはまた防衛隊に戻って仕事の続きをするのだそうだ。

一応日が落ちた頃に防衛隊の詰所に来るように言われたけど、それまでどうするかな。

ドルギさんとルマンドさんもこれから仕事に追われるということで二階から追い出されてしまった。

「まだ聞きてえことはあるから明日も来い」

「わかりました」

「主よ、乗れ」

羅羅がそう言うか言わないかのうちに、尻尾でおなかの辺りをからめとられてその背に乗せられてしまった。随分力持ちの尻尾だよな。俺の前にクロちゃん、後ろにシロちゃんが乗る。ピーちゃんは羅羅の頭の上に乗ったスタイルで、「シュッパーツ！」とか言っている。

そうして階段を降りたら、今回も職員に「また出た」みたいな顔をされた。

俺は苦笑する。

悪いけどこれから何度も来ることになっちゃうからいいかげん慣れてね。

ピーちゃんの従魔登録をしたいはしたいのだがまだ聞いてないこともある。

「ちょっと倉庫行ってきます。また戻ってきますのでよろしくお願いしますね」

職員にええーと言いたそうな顔をされたけど無視だ、無視！

で、ギルドを出てピーちゃんとこれからのことを話すことにした。

「何度もすみません。隅っこ借りますねー」

「おー、いいぞー」

いろいろ解体しているエプロン姿のおじさんたちに断って、隅に集まった。改めて確認してみる。

「ピーちゃんはさ、俺たちと一緒にいたい？　んだよね」

「イッショー、イルー」

ピーちゃんは即答した。

「でもピーちゃんの餌が問題だよな。植物性のものしか食べないってなると、町の中で買わないと……」

するとピーちゃんはコキャッと首を傾げた。クロちゃんもコキャッと。

「タベルー」

「オトカー」

シロちゃんとクロちゃんが言うのだが、意味がわからない。クロちゃんや、それじゃ俺が食べられるみたいなんだけど。

「……なんでも食べられるのであろう？　食べたくないものがあるだけで」

羅羅が不思議そうに言った。

「えっ？　そういうもん？　じゃあ、毒のある草でも大丈夫ってこと？」

「タブンー？」

ピーちゃんが今度は反対側にコキャッと首を傾げた。

「うーん……」

後で弱い毒のあるものを、俺がピーちゃんに触れる状態で食べさせてみるか。それで食べられるならごはんは俺たちと一緒でいいもんな。どうせ毒草はそこらへんに生え放題で、ほとんど採取されないし。

もちろんピーちゃんに見せて食べるなら、だけどさ。無理に毒草を食わせようとは思っていない。俺だけじゃなくてニワトリスたちも喜んで食べるしな。

あ、でも毒草とか毒キノコとかの採取依頼ってあるのかな？　それなりに高値なら少しは売ってもいいけど、なんて思った。

そういえば、ピーちゃんは遠くから飛んできたって言ってたけどどこから来たんだろう。

「ピーちゃんて、そういえばどっちからこの近くまで来たの？　あっち？　むこう？」

あちらこちらへと指さして聞いてみた。ピーちゃんは南東の方へ顔を向け、「アッチー」と答えた。

「南東か……」

ってことは王都の方角だな。さすがに王都からってことはないだろうけど、方角的に森を縦断して来ているんだと思う。あの風魔法といいピーちゃんの能力ってかなりすごいのかもしれないな。後で落ち着いたら聞いてみよう。できたら鑑定もさせてもらおうっと。

「住んでたところに戻りたいって思うことある？」

「ンー？　ナイヨー」

ピーちゃんはコキャッと首を傾げた。別段考えるそぶりも見せない。

「そっか」

まぁ飼い主の家族に追い出されたんだもんな。その時どういう気持ちだったのかとか想像するぐらいしかできないけど、元飼い主には大事にされていたんだろう。だって今は楽しそうに羅羅の頭の上でなんか踊ってるし。

これからピーちゃんを従魔として迎えたらパーティー名みたいなのも考えなきゃいけないだろうか。

まずはみんなで高級ホテルの弁償代を稼がないとだよなー。って、狩った獲物の解体を頼んでるから肉だけは回収させてもらって、それ以外で換金できる部分は換金してもらったらけっこう払えるんじゃね？　それからどういう依頼を受けたらいいか考えよう。

住むところはチャムさんの家って約束してもらったし、弁済したら次の町に向かうことを考えるかな。

あ、なんとかなりそうな気がしてきた。

「主よ、いいことでもあったのか？」

羅羅に聞かれて笑った。

「うーん、そうでもないけど、多分どうにかなるかなって」

「オニクー？」

「オトカー」

「ミンナ、イッショー！」

シロちゃんはお肉が食べられれば幸せだし、俺にぐいぐいくっついてくるクロちゃんは俺のことを好きすぎる。

そしてピーちゃんも嬉しそうにしてくれることが嬉しい。

「うんうん、一緒だね」

これからもよろしく！　と強く思ったのだった。

# 閑話　ひよこたちとの楽しくてかわいい日々

ニワトリスのヒナを、ニワトリスの親（?）からもらい受けて三日が経《た》った。

ヒナの姿は、元の世界にいたニワトリのヒナにそっくりだ。本来ならば尾羽があるだろう部分に灰色の尾があるのだけれど。

黄色いひよこと黒いひよこの為《ため》に、俺は木の枝などを使って籠兼寝床を作った。籠の中に敷く為に、母さんに雑巾にするような布はないかって聞いたら雑貨屋で売ってる古布（古着を開いたやつ）をもらってしまった。

「オトカはいつもいろいろ持って帰ってきてくれるからね」

母さんはシーッとするように人差し指を口元に当ててそう言った。俺は森でただ遊んでいるだけなんだけど、母さんの優しさに胸がジンとした。

ひよこたちに、

「この布は母さんがくれたんだぞー」

と言ったら、二羽にもわかったらしく母さんの周りで少しわちゃわちゃしていた。なんだこのかわいいの。

「……すごくかわいいねぇ」

母さんもひよこたちにはメロメロ（死語）だ。気が付くとなでなでしている。

さて、そんなひよこたちとの生活は意外とたいへんだったりする。

午前中は主に畑仕事をするのだが、籠に入れて畑の側《そば》に置いてたらまずひよこたちは籠から出ようとする。

「畑仕事が終わるまでは出ちゃだめだよ」

と言ったって聞くはずがない。かといって家の中に押し込めとくわけにもいかないしな。

籠をよじよじと上ってぽてっと落ちる姿はとてもかわいいんだけど、クロちゃんはそのまま俺のところにやってこようとするから問題だ。

「クロちゃん、だめだよー」

ぽてぽてと歩いては、うまくバランスが取れないらしくぽてっと転ぶ。その度にピイピイ鳴いてジタバタしている。もうなんか見てるだけでかわいくて手が止まってしまうのが困りものだ。

「おいこらニワトリス、邪魔だぞ」

たまに一番上の兄貴がクロちゃんとシロちゃんを捕まえて籠に戻してくれる。

「兄ちゃん、ありがと」

「ちゃんと面倒見ろよ。オトカが飼うって言ったんだろ」

そう言って一緒に畑仕事をする。

ひよこたちはまた籠から脱走し、シロちゃんは畑とは別の方向へ走っていこうとした。

「シロちゃん、だめだよー」

それを父さんが捕まえて籠にぽいっと投げた。

「父さん！」

「魔物なんだから問題ないだろ」

そう、ひよこたちはけっこう丈夫だったりする。すでに自分たちで飛ぶ練習をしていて、それなりに高いところまで飛ぼうとしては落ちている。俺としてはハラハラしてしまうんだが、二メートルぐらいの高いところから落ちてもすぐにむくっと起き上がり、文句を言うようにピイピイ鳴いたと思ったらまたぽてぽてと普通に歩いたりしているのだ。

その度に怪我《けが》をしてないかとか、足をおかしくしてないかどうか掬《すく》い上《あ》げて確認するんだけどなんともないんだよな。むしろ掬い上げたことでシロちゃんにつつかれまくることはある。クロちゃんの場合はすりすりしてくれるからかわいいしとても面白い。

こんなに小さくても性格がはっきりしているんだなぁと思ったりする。

さて、今日も畑仕事を終えてからひよこたちに話をした。

「俺が畑仕事をしている間は籠の中でおとなしくしてること！　それができなくても、籠の周りにいること！　頼むよー」

ひよこたちはコキャッと首を傾《かし》げた。

うおお、かわいいいいいいい。

あまりのかわいさに悶《もだ》えてしまい、真面目な顔を保つことができない。ついにまにましてしまう。だってかわいいんだよおおお（エンドレス）。

「わかった？」

シロちゃんが羽をぱたぱたと動かしてピイピイと鳴く。なんだか抗議しているみたいだった。

「言うこと聞いてくれないと、一緒にいられなくなっちゃうよ？　俺はシロちゃんクロちゃんとずっと暮らしていきたいから、がんばろうね」

クロちゃんがつぶらな瞳でじっと俺を見る。ぽてぽてと近づいてきて、俺の足にすりすりしてくれるのがとてもかわいい。

ああもうだからなんでこんなにかわいいんだあああああ！

しかもまたコキャッと首を傾げてピヨピヨ鳴くんだぞ？　二羽をまとめて掬い上げてすりすりしたら、シロちゃんにはつつかれた。

「こーら、シロちゃん痛いよー」

クロちゃんはすりすりし返してくれた。かわいいが止まらん。かわいいしか言えない。語彙力プリーズ。

「オトカ、浄化かけろ」

「はーい」

畑仕事を一緒にしていた父さん、兄貴たちに言われて浄化魔法をかけた。絶対自分で使える方が便利だと思うんだけど、男性はあまり浄化魔法を覚えないと聞いている。俺は使えるけど、なんでだろうな？

「うまいキノコが食いてえな」

「なんか獲物獲《と》ってこいよ」

「キノコはともかく俺に獲物なんて獲れないよー」

父さんと兄貴たちが勝手なことを言っているのに笑い、俺はひよこたちを籠に入れて森へ向かうことにした。

「よーし、森に行こう〜」

森ならごはんが食えるし。そのまま食べられる草や木の実があるから、森は俺たちにとってでっかいバイキング会場だ。もちろん危ないから、森の深いところまでは行かないようにしている。

「お、キノコだ」

前世の記憶を取り戻してから鑑定魔法を使えるようになったので、森に生えているあらゆるものに鑑定魔法をかけて遊んでいる。

「これは毒なし、と」

毒がないから食えるは食えるんだけど、うまいかどうかは調理してみないとわかんないんだよな。

試しに一個採取してひよこたちに近づけてみたら、そっぽを向かれた。

どうやらおいしくないらしい。

「じゃあこれはやめとくか」

ニワトリスの味覚と俺たちの味覚も合う合わないはあると思うんだけど、二羽共そっぽを向くってことはそういうものなんだろう。

そのまま食べられる草を採取して、ひよこたちともしゃもしゃ食う。俺たちにとってはうまいんだけど、毒を含んでいるから俺たち専用だ。

そのまま食べられる草は多めに採ってアイテムボックスにしまっておく。何日ぐらい保管できるものなのか試している最中だ。

少し開けた場所でひよこたちを降ろした。

シロちゃんがぽてぽてと歩いていく。クロちゃんは俺にぴっとりとくっついた。

「もー、クロちゃんてばどんだけ俺のことが好きなんだよ？」

シロちゃんは開けたところの端っこにあるキノコをつつき始めた。

「シロちゃん、それおいしいの？」

シロちゃんは一心にそれをつついている。クロちゃんもシロちゃんに近づいて、近くにあるキノコをつつき始めた。

鑑定魔法を使うと、毒を含んだキノコだった。毒を含んだものの方がニワトリスにとってはうまいらしい。ってことは、毒を含まないものはあんまりおいしくないのかな？　さっきのキノコ、試しに採って帰ってみるか。

今日は他にも試してみたいことがあった。

昨日一昨日はひよこたちの為にいろいろ準備したりしていたから落ち着かなかったのだ。

俺が試してみたいこと、それは「異世界に転移、もしくは転生したら必ずやってみるお約束」である。

「ふふふ……」

すでに魔法が二つ使える俺である。この世界に転生してきた意味がきっとあるはずだ。

そう、その「お約束」とは「ステータスオープン」である。

少なくとも俺の家族が自分の能力として把握しているのは魔法能力だけのようだ。生涯覚えられる魔法の数は教会で見てもらえるが、それ以外でわかっているのは自分の魔法能力のみ。

だがここで己のパラメータ（能力値他）が見られれば自分の能力を詳しく把握することができるだろう。

せっかく転生してきたのだ。それぐらいの特典があってもいいはず！

その為に俺は「ステータスオープン」と叫ぶ時用にポーズまで考えていたのだ。

片手を腰に当て、右手を斜め四十五度に上げて天を指さし、いざ、

「ステータス、オープン！」

…………。

……残念ながらそのままの恰好《かっこう》で五分ぐらい待っていたが何も起こらなかった。ふと視線を感じてそちらを見れば、シロちゃんに呆《あき》れたような目で見られ、クロちゃんにはつぶらな瞳で見つめられていた。

「……ちっくしょう……せっかく転生したってのに自分のステータスも見られないなんてえええええ！」

俺はその場にくずおれた。

もちろん一回だけでは諦めず、ポーズを変えて何度も「ステータス、オープン！」と叫んでみたのだが何も起きなかった。

しまいにはシロちゃんに、うるさいよとばかりにつんつんつつきまくられてしまった。ちっちゃいけどつつかれると痛いんだよっ。

クロちゃんは何してるのー？　というようにじっと俺をつぶらな瞳で見ていた。それはそれでなんか心が痛くなった。しかもまたぴっとりとくっついてすりすりされてしまった。ああもうかわいいいいいいい！

「……無理かー……」

と呟《つぶや》いてから、鑑定魔法が使えることを思い出した。

「これって自分にもかけられるのかな」

ってことで自分に鑑定魔法をかけてみた。

　オトカ　七歳　状態異常無効化　ニワトリスの加護　魔法：浄化魔法／鑑定魔法

と出てきた。攻撃力いくつ、とかの数値みたいなのは出てこないらしい。それか使っているうちに見えるようになるのかな？

って、状態異常無効化？

「マジかー……」

すごいの出てきた。確かに毒のある食べ物を食べても具合が悪くなったりしないし、記憶にある限りでは病気にかかったこともない。ラノベの知識があるから予想はしていたけど、本当にあるんだな。

「もしかして、俺ってチートの塊じゃね？」

ニワトリスの加護の内容は見えないが、多分アイテムボックスだろうと思う。

あとは魔法を生涯でいくつ覚えるかわかれば完璧だ。

ひよこたちもすっごくかわいいし、俺の前途は洋々だなと思ったのだった。

ちなみに、試しに持ち帰ってみたキノコは、毒はなかったけどおいしくはなかった。ニワトリスの嗅覚とか舌は正確だと知って、俺はひよこたちに謝った。

シロちゃんにはつんつんつつかれ、クロちゃんにはまたすりすりされてしまった。

こうして俺とニワトリスたちのかわいくも楽しい生活が始まったのだった。

## 閑話　冬の近いある日の話～村での生活

子どもたちがみな寝静まった頃、ティナは夫であるリュウダーと秘蔵の酒をちびちびと飲んでいた。

長男のイナガに見られたらうるさいので、こっそりとである。

「……まさかうちの子がニワトリスのヒナを譲り受けてくるなんてねぇ」

「アイツはなんか持ってると思ってたんだよ」

「そうかもしれないね。でもあの子はまだ七歳だよ？　ちょっと早すぎやしないかい？」

「そうだなぁ。家を出ていかせるにしても早すぎるな。いろいろ教えておきたいこともあるし」

「……それまであのろくでもない領主にバレないといいんだけど……」

ティナはため息をついた。

この辺りの領主は悪名高いリバクツウゴという男である。珍しい魔物を集めて使役をしたがるので有名だった。魔物を集める資金を捻出する為《ため》に税金を高く設定しているので、この辺りの村はみな貧しい。国に納める税金の他にかなり賄賂を贈っているらしく、そんな悪徳領主を裁く者がいないのが現状だ。

農民は法律によって住む場所が定められている。長男次男はその土地から出ていくことはできないが、三男以降は別だった。

ティナとリュウダーが話しているのは、三男のオトカのことである。

「あたしたちはいいけど、子どもが苦労するのは嫌だよ」

「そうだなぁ」

二人はもう一口だけ酒を飲むと、明かりを消したのだった。


オトカがニワトリスのヒナを森でもらってきてから八か月が過ぎた。

冬が近づいてきた時期である。

ヒナは三か月ほどで成鳥になり、カタコトだけど人の言葉を話し始めた。半年経《た》つと卵を産むようになった。そして七か月目には自分たちよりでかい獲物を狩ってくるようにもなった。

小さめではあったが、森でボアを狩った時は飼い主であるオトカも腰を抜かしそうになったほどである。

クケエエエッッ！　と威嚇をし、ボアの動きを強制的に止めたニワトリスたちは、その鋭い鉤《かぎ》爪《づめ》と尾を使ってボアを倒した。

「え、えええ〜……」

そしてそれを当たり前のようにアイテムボックスにしまう。

まだ七歳のオトカではボアを解体するのは難しかったので、村に戻って両親を呼び、解体してもらうことになった。

「タベルー！」

とニワトリスたちが言うので、解体した肉は内臓も含めてあげたらもりもり食べた。残りは家族と村の人たちにも振る舞ったので、それまでニワトリスを遠巻きにしていた村人たちにもニワトリスたちは受け入れられた。現金であることに間違いはないが、村でニワトリスたちが受け入れられたことがオトカには嬉《うれ》しかった。

そうして八か月が経ったある日、オトカはニワトリスたちといつも通り森に足を踏み入れていた。

「なーんか最近さー、畑に魔物の足跡が付いてるって聞いたんだよな～」

困るなとオトカは思う。

冬が近いせいだろうか。一部の魔物が森から出てくるようになっている。毎年冬になるとこうだった。森に生えている植物や獲物が減るらしく、たまに村の近くで魔物の姿を見るようになる。

だが今年はニワトリスたちがいるからと、オトカは村長に森周辺の見回りを頼まれた。それを聞いた両親は子どもに何をさせるんだと憤ったが、やっていることはいつも通りでいいと言われて渋々頷《うなず》いた。それでも、

「オトカ、無理はしないでね」

「オトカ、無理はするなよ」

「オトカ、なんかあったら呼べよ」

両親と一番上の兄はオトカを心配した。オトカとしては、珍しいこともあるもんだとのん気に思っていた。

「シロちゃん、クロちゃん、なんか普段いないような魔物の痕跡とかあったら教えてね」

「カルー！」

「オトカー」

「……いや、狩らなくていいし……クロちゃんは俺ばっかだなぁ」

ニワトリスたちの返事にオトカは苦笑した。

「ボアぐらいならいいけどさ、それよりおっきいのだったら危ないじゃん。俺、シロちゃんとクロちゃんが大事だし……」

そこまで言ったところで、オトカは何かを感じ取った。

「アッチー！」

シロちゃんがそう言ってバババッと羽を動かした。そしてそのままごいスピードで走っていく。

「えっ？　シロちゃん？　シロちゃんっ!?」

「イクー！」

いつもはオトカにくっついているクロちゃんもまた、シロちゃんを追いかけていってしまった。

「シロちゃん、クロちゃん！」

なにかが近づいているということは、何の音がしなくてもオトカも感じ取っていた。けれどそれがなんなのかまではわからない。

オトカは神経を研ぎ澄ませた。

……ドドドドドと遠くから何かが駆けてくる音が聞こえてくる。オトカはとっさに手近にあった木に登った。

オトカでは、遠くからすごい音を立てて走ってくるような魔物を倒せはしないからだった。

オトカは木登りが得意だ。ちょっとしたくぼみを見つけてひょいひょいと木に登る。そして五メートルほど登ったところで音が聞こえてくる方を眺めた。もう大分葉も枯れ落ちていたから、見えるかと思ったのだ。

「……ん？」

駆けてくる地響きではなく、クァアアーッ！　という鳴き声や、グオオオオ――ッッ！　と唸《うな》るような低音、そしてドッタンバッタンと何かが格闘しているような音がオトカのもとに届いた。

「えええええ……」

おそらく鳴き声はニワトリスのものだろうとオトカは思った。けれどさすがに木から飛び降りて見に行く勇気はない。

(俺が強ければよかったのに)

そう無力感に打ちひしがれながらそんなことを思った時、クァアアアー――――ッッ!! という勝利の雄叫《おたけ》びが届いた。

ニワトリスの声、なのだとオトカは思った。けれど姿が見えないから確信が持てない。

もしかわいいニワトリスたちがひどい目に遭っていたらどうしよう。せっかく二羽の親が自分に託してくれたのに。

オトカはもういてても立ってもいられなかった。

「うわあああ――――っっ!! シロちゃんっ、クロちゃー――――んっっ!!」

涙がぶわっと溢《あふ》れた。オトカは木から飛び降りると、急いで雄叫びが聞こえた方へ走った。

そこに何が待ち受けているのかなんて、オトカは考えなかった。

ただただ大事なニワトリスの安否を確認しようと、必死だったのだ。

タタタタタ――――ッッ! と前方からクロちゃんが駆けてきた。羽があっちこっちに飛んでいるようで激しく乱れている。

「クロちゃああんっ! 大丈夫? 痛いとことかない? 怪我《けが》してない?」

「オトカー!」

クロちゃんはオトカが迎えに来てくれたことが嬉しかったらしく、抱き着いてくるオトカを受け止めた。

「オトカー! オトカー!」

クロちゃんは嬉しくてすりすりとオトカにすり寄った。オトカはそれどころではなく、クロちゃんに触れて怪我がないかどうか確認する。

「シロちゃんはー……」

オトカが聞いた時、シロちゃんもまたトトトトーーーッと走って戻ってきた。こちらも羽の乱れっぷりが半端ない。すごく暴れてきたようなかんじである。

「シロちゃああああんっ！」

「ウルサーイ」

「そんなあああああ！」

二羽はとても元気そうだった。オトカはクロちゃんをぎゅうぎゅう抱きしめると、「……よかった」と呟《つぶや》いた。そして涙を拭う。ちょっと恥ずかしかった。

「って、シロちゃんクロちゃんは何してたんだ？　なんか魔物見つけた？」

「ボアー」

「オトカー」

シロちゃんにボアと言われて、ああとオトカは思った。最近畑に魔物らしき足跡があると聞いてはいたが、やはりボアだったのかと納得した。

「ボアはどうしたの？」

「シマッター」

「そっかそっか、じゃあうちに帰ろうか。浄化かけるねー」

ほうっとため息をつき、オトカは二羽に浄化魔法をかけた。乱れた羽が元に戻り、汚れも消える。二羽の羽が再びもふっとしたそれになり、オトカはうんうんと頷いた。この魔法の効果というのは不思議だとオトカは常々思っているが、キレイになるならそれが一番である。

「キノコー」

「オトカー」

「キノコ？　じゃあ少し採ってから帰ろっか」

脅威はニワトリスたちが倒してくれたということもあり、オトカは二羽を撫《な》でながらキノコや食べられる草を採り、暗くなる前に家へ戻ることにした。けれどのんびりしてから森を出た途端村の大人たちがいて、オトカは目を丸くした。

「お、やっと戻ってきたぞ」

「雄叫びが聞こえたが……」

「オトカ、大丈夫か？」

大人たちに口々に話しかけられて、オトカは戸惑った。

「あ、ええ……はい。シロちゃんとクロちゃんがボアを狩ったみたいです……」

「おお、そうか」

「それで獲物は？」

「……ここより、解体できる場所で出したいんですけど……」

大人たちは浮足立っているようだった。確かにそれもしかたないかとオトカは思った。

「クウー？」

「タベルー？」

シロちゃんとクロちゃんがコキャッと首を傾《かし》げる。

「うん、ちょっと待ってね」

村の開けた場所まで移動すると、村の女性たちが待っていた。

「オトカ、大丈夫だったかい？」

「うん、母さん。大丈夫だよ～」

先ほどのすごい声や音が村にも届いていたようだった。こんなことなら早く戻ってくればよかったとオトカは反省した。

ここに出してくれ、と言われたところにシロちゃんが身体《からだ》を揺らして近づき、アイテムボックスから獲物をどーんと出した。

「……え？」

「ええっ!?」

「えええええ――――っっ!?」

「ワ、ワイルドボアあああああああ!?」

シロちゃんがクンッと頭を上げてドヤ顔をする。

そりゃ、ドヤ顔もするよなとオトカは遠い目をしそうになった。

そういえば離れたところから音だけ聞いてもすごい暴れっぷりだったのだ。シロちゃんからしたらでかいボアという認識だったので、オトカにはボアと言ったらしい。

「ワイルドボアを狩るニワトリス……」

「ハンパねえなー」

「ニワトリスってやっぱ強《つえ》えんだな……」

それでも大事な獲物には変わりないので、みなでワイルドボアを捌《さば》き、内臓や肉がまずニワトリスたちに提供された。

残りの肉は村総出で宴会である。シロちゃんとクロちゃんはご機嫌で肉を食べ、オトカも焼いたワイルドボアの肉をたくさん食べることができた。

「うっわ、ワイルドボアの肉うっま！　ボアとはやっぱ違うのかー」

「ニワトリスさまさまだな！」

父親とオトカの兄妹《きょうだい》が嬉しそうに肉を頬張《ほおば》る。オトカは村の人たちもおなかいっぱい食べられてよかったと思った。

肉をこんなにたくさん食べたのは久しぶりである。みな笑顔になった。

暗くなり子どもたちは先に寝るように言われ、オトカはニワトリスたちに浄化魔法をかけて家へ戻った。

それを大人たちが見送る。

「さーて、片付けしちまうか！」

「いやー、久しぶりにこんなうめえ肉を食ったなー」

「ニワトリスっつーのはすげえなー」

大人たちはご機嫌で片付けをした。

そして、オトカの両親を見やった。

「……なぁ、オトカはまだ小せえが……」

「わかってる」

オトカの父親は頷いた。

「ニワトリスの噂《うわさ》がアイツに届いたらたいへんなことになるぞ」

「そうだよなぁ」

村の者たちに言われて、父親は頭を掻《か》いた。

「本当は、十二か三ぐらいになってから出そうと思ってたんだが……」

「そこまでは持たねえだろ」

「だよなぁ、面倒だな」

村人たちはオトカを心配していた。どんな魔物よりも強いニワトリスが村にいてくれるのは心強いが、その話が悪徳領主に伝わってしまっては困るのだ。

オトカはニワトリスの飼い主だから、ニワトリスと一緒に捕まってしまうかもしれない。そんなことは絶対にさせないと村の大人たちは決意した。

「……もう少し早めに自立を促して、村から自発的に出しちまう他ないねえ」

雑貨屋のばあさんが呟く。

「……もう少しオトカには側《そば》にいてほしかったんだけどねぇ……」

母親が肩を落とす。

「しょうがねえだろ、母さん。オトカだったらニワトリスたちとうまくやるさ。イナガ、お前も協力しろよ」

「……俺、オトカに恨まれたくねえんだけどなぁ……」

「長男なんだからがんばれ！」

大人たちに背をバシバシ叩《たた》かれて、オトカの兄であるイナガは肩を竦《すく》めた。

「憎まれ役とかやだなぁ……」

「なあに、俺も一緒に恨まれてやるよ」

月を見上げてイナガが呟くと、それに父親がニカッと笑った。

空には三日月が綺麗に輝いていた。

# 閑話　ないしょの約束

オトカが森でもらってきたニワトリスたちは、オトカのことが大好きである。

その次に好きなのはオトカの母さんだ。

「カーサン」

「カーサン」

ニワトリスたちは人の言葉をしゃべるようになると、「オトカ」の他に「カーサン」という言葉を覚えた。オトカの母さんはそれをとても喜んで、台所にニワトリスたちが寄ることがあると草や木の実を少し分けてあげたりしていた。

「もう、ないしょだよ～」

なんて言いながら母さんは嬉《うれ》しそうである。

オトカはニワトリスたちがあまり眠らなくても大丈夫だということは知っているが、夜は一緒の寝床で寝ている。子どもたちが寝静まり、大人たちが起きている夜はニワトリスたちも時折こっそり起き出してきたりした。

台所の明かりが消えていないので、ニワトリスたちはむくっと起きた。そして台所へぽてぽてと向かう。

「あれ？　シロちゃんクロちゃんはまだ起きてるのかい？」

母さんは苦笑した。

「カーサン」

「トーサン」

母さんが起きているということはオトカの父さんも起きている。

「なんだなんだ、ニワトリスたち。とっとと寝ろ」

父さんがシッシッと手を振って邪険にする。昼間であればニワトリスたちもつついたりするが、夜はつつかないことにしていた。夜はオトカが寝ているからである。

「リュウダー、邪険にするとつつかれるよ」

「そいつぁ勘弁だな」

母さんはニワトリスたちを撫《な》でた。シロちゃんも嬉しそうに目を細めている。

「オトカは森でもよくやってるかい？」

「ヨクー」

「ヤッテルー？」

ニワトリスたちはコキャッと首を傾《かし》げた。

「うーん……オトカは元気かい？」

「ゲンキー」

「オトカー」

「それならいいよ」

まだ意思の疎通は難しいが、簡単な受け答えならできるニワトリスたちを、オトカの両親は好ましく思っていた。

それにニワトリスたちは非常に察しがいい。そのことをオトカの両親たちも見抜いていた。

「シロちゃんクロちゃんはオトカが好きかい？」

「スキー」

「オトカー」

「クロちゃんはオトカ、ばっかりだね」

母さんは笑った。

「じゃあ、オトカのことを守ってくれるかい？」

「マモルー？」

「オトカー」

守る、という意味がまだわからないようである。

「オトカとずっと一緒にいることだよ」

「イッショー」

「オトカー」

ニワトリスたちは嬉しそうに羽をバサバサと動かし、尾を軽く振った。父さんが声をかけた。

「なぁ、ニワトリスたち、オトカと一緒にいてやってくれな。オトカのこと、ずっと大好きでいてやってくれ」

珍しいことがあるものだとばかりに、ニワトリスたちはまたコキャッと首を傾げた。

「ダイスキー」

「オトカー」

けれどニワトリスたちは律儀に返事をした。それに父さんは笑み、何度も頷《うなず》いた。

「お前らがオトカに付いいてくれるなら安心だ。これからもいろいろあるかもしんねえけど、頼んだぞ」

ニワトリスたちは母さんから草をもらったので、それをしょりしょりと食べ始めた。父さんの話は聞いていたが、返事をする気はなさそうだった。父さんは苦笑した。

「お前ら、俺の扱いが悪すぎねえか？」

「普段の行いじゃないかねえ」

「ティナまでそんなこと言うなよなー」

「この子たちはよーく相手を見てるんだよ。頭のいい魔物だからね」

「まぁ間違いなく頭はいいわな」

ニワトリスたちは草を食べ終えるとけぷっとげっぷをして、母さんにすりすりした。母さんはにこにこしてそんな二羽を撫でる。

「本当にかわいいねぇ。うちが普通の家だったら、ずっと一緒にいられたかもしれないのに……」

「いや、普通の家でもだめだろ」

父さんがツッコミを入れる。

「そうかねえ？」

そうして両親が寝ると言うので、ニワトリスたちはオトカの側《そば》に戻った。

「んー……シロちゃん……クロちゃん……」

オトカが寝言で二羽を呼びながら手を動かす。眉を寄せて、二羽を無意識に探しているようだった。

クロちゃんはオトカの手を軽くつつき、前からぴっとりとくっついた。後ろからはシロちゃんがくっつく。そうすると、オトカの表情がやがて穏やかになった。きっと、二羽と森で遊んでいる夢でも見ているのだろう。

ニワトリスたちも目を閉じた。

そうして、オトカとずっと一緒にいると思いながら眠ったのだった。


おしまい。

異世界旅はニワトリスと共に

ISEKAITABI HA NIWATORISU TO TOMONI

MFブックス

# 異《い》世《せ》界《かい》旅《たび》はニワトリスと共《とも》に 1

2025年3月25日　初版発行

著者　浅葱
発行者　山下直久
発行　株式会社KADOKAWA
〒102-8177　東京都千代田区富士見2-13-3
0570-002-301（ナビダイヤル）
印刷　株式会社広済堂ネクスト
製本　株式会社広済堂ネクスト
ISBN 978-4-04-684458-3 C0093　Printed in JAPAN




担当編集　並木勇樹
ブックデザイン　モンマ蚕＋タドコロユイ（ムシカゴグラフィクス）
デザインフォーマット　AFTERGLOW
イラスト　くろでこ

本書は、2023年から2024年にカクヨムで実施された「第9回カクヨムWeb小説コンテスト」で特別賞（カクヨムプロ作家部門）を受賞した「異世界旅はニワトリスと共に」を加筆修正したものです。

この作品はフィクションです。実在の人物・団体・事件・地名・名称等とは一切関係ありません。